Lydia Davis

# Unsere Fremden

Stories

Aus dem Amerikanischen
von Jan Wilm

Literaturverlag Droschl

# I

## Meine Aktentasche

Offenbar war es meine Aktentasche, die dafür sorgte, dass man mich im folgenden Semester wieder zum Unterrichten anstellte. Sie waren beeindruckt, weil meine Aktentasche so sehr nach Aktentasche ausschaute.
Auch verstand ich es, wie ich durch die Flure zu gehen und meine Aktentasche zu tragen hatte. Ich konnte meine Bürotür aufschließen und in mein Büro gehen. Ich hatte einen Drehstuhl auf Rollen in meinem Büro. Ich ließ meine Tür während meiner Sprechstunde offen stehen und hielt sie fest geschlossen, sobald die Sprechstunde beendet war. Die Sekretärin des Instituts tat, sofern es ihr möglich war, alles, was ich von ihr verlangte. Ich überlegte gut, worum ich sie bat. Ich gab mich vor ihr bestimmt und beschäftigt, allerdings mit einem höflichen Lächeln. Dort, unterhalb der Uhr, war mein Postfach mit meinem Namen in fettgedruckten Buchstaben darauf. Außerdem sprach ich mit Studierenden, wenn ich sie auf dem Gang traf, mit angemessenem Gesichtsausdruck, ein wenig benommen und abgelenkt, doch meine Antworten waren immer klar und deutlich.

## Von der Duldung

Die Katze sagt: »Ich profitiere hier bloß von der Duldung.« Der Hund versteht nicht, weshalb die Katze ihm das Wort *Duldung* erklärt. Es hat zu tun mit einer Form von Toleranz. Es hat zu tun mit Erlaubnis, die nur eine indirekte ist, Erlaubnis durch das Unterlassen eines Verbots. Sie benutzt das Wort *stillschweigend.* Der Hund versteht nicht, was *stillschweigend* bedeutet. Die Katze gibt auf. Sie denkt, dass er wahrscheinlich sowieso irgendwie weiß, was sie meint.
Die Katze weiß, dass die Menschen den Hund lieben, sie selbst aber bloß toleriert wird. Es herrscht wahrhaftige Begeisterung, wenn sie den Hund begrüßen, sobald sie durch die Haustür kommen. Sie sitzt schweigend im Hintergrund, beobachtet, wie wild der Hund ist, wenn er die beiden anspringt. Die Menschen sehen sie im Hintergrund und sagen: »Hallo Kätzchen!«, allerdings ohne viel Wärme. Der Hund ist ausdrucksvoller als die Katze. Er würde das Wort *ausdrucksvoller* nicht verstehen, doch er stellt es dar. (Er würde das Wort *darstellen* nicht verstehen.)

Später sagt die Katze zu dem Hund, der unter ihr in der Küche steht, der sie beobachtet und die Luft beschnuppert: »Jetzt hat die Frau den Raum verlassen, und ich sitze hier oben, nur einen Zentimeter von ihrem Hähnchensandwich entfernt. Das belastet mich.« Sie streckt eine Vorderpfote aus und berührt das Sandwich, doch sie fühlt sich unwohl.
Der Hund mag die Katze und interessiert sich für sie. Obwohl er das Wort *belasten* nicht kennt, würde es ihn nicht

belasten, wenn er sich in der Nähe des Hähnchensandwiches aufhielte.
Dann sagt sie, sie habe in bestimmten Situationen Probleme mit den Speicheldrüsen und kann manchmal nicht anders, als den Mund zu öffnen und ihn wieder zu schließen.

Später kaut die Katze wieder auf dem Besen herum.
Der Hund versteht überhaupt nicht, warum sie das tut.
Die Katze sagt: »Sie schimpft mit mir, weil ich auf dem Besen herumgekaut habe. Sie lässt ihn draußen stehen, und ich entdecke ihn. Dann sieht sie, wie ich darauf herumkaue, kommt und räumt ihn weg, stellt ihn zwischen Wand und Kühlschrank, wo ich ihn nicht erreichen kann, auch wenn ich es versuche. Ich versuche es dann wieder, wenn es so aussieht, als könnte ich ihn erreichen.«
Der Hund hört zu, wie sie ihm all dies erklärt. Zumindest ist es eine Abwechslung davon, bloß wieder in dem Sonnenflecken einzuschlafen, wie er es den ganzen Morgen über immer wieder getan hat, während der Fleck sich über den Boden schiebt.

## Nur ein bisschen

Agnès Varda, die französische Filmregisseurin,
sagte in einem Interview,
dass sie gerne ein bisschen näht,
ein bisschen kocht, ein bisschen Gartenarbeit, ein
bisschen Kinderbetreuung macht –
aber nur ein bisschen.

# Die Stufen der Weiblichkeit

Es war während jener Tage, als ich mich damit abmühte, die – welche war es noch gleich? – siebte, nein, sechste Stufe meiner Entwicklung als Frau zu vollenden, und ich sei bereits ein Jahr zu spät damit dran, meinte die (inkompetente) anthroposophische Ärztin, die ich aufgrund meiner hartnäckigen Ohrenentzündung konsultiert hatte, als ich wieder einmal geweckt wurde, während einer besonders unruhigen Nacht, in der ich mehrfach geweckt wurde, erst von meinem Kind, dann von einer Stechmücke, dann wieder von meinem Kind, dann von dem Kitzeln in meinen Ohren, dann wieder von meinem Kind – als ich schon wieder geweckt wurde, diesmal durch einen Fliegeralarm, den ich zunächst für einen defekten Ventilator an einem Fenster und dann für einen Ventilator in einem anderen hielt, und ich ging durchs Haus und schaltete einen nach dem anderen aus und zog nach und nach die Stecker der Ventilatoren, bis ich endlich die Treppe nach unten und durch die Hintertür nach draußen ging, als ich im Garten stand und nach oben schaute, bis das Geräusch des Alarms abrupt erstarb und das Heulen nachließ. Natürlich dachte ich an Krieg, da unser Land schon wieder in einem Konflikt mit einem anderen Land steckte. Ich dachte, vielleicht lebt die Stechmücke, die mich geplagt hatte, ja sogar noch länger als ich. Ich dachte darüber nach, in der örtlichen Polizeistation anzurufen. Ich fragte mich, ob mein Mann den Alarm durch seine Ohrstöpsel gehört hatte. Er schlief nun immer unten, um nicht von mir gestört zu werden, da ich in letzter Zeit so schlecht schlief, und um nicht von dem Kind gestört zu werden, das so oft aufwachte. Die Ärztin hatte mir gesagt, die letzte Stufe des Frauseins, in der eine Frau fortpflanzungsfähig sei, sei aus kreativer Sicht äußerst wichtig. Die Stufe, die darauf folge, sei ganz anders – ebenfalls wunderbar, sagte sie, aber ganz anders. Doch ich hatte diese Stufe noch nicht vollendet, diese Stufe, die eine Erfüllung zur vollen Weiblichkeit sein solle. Soweit ich beurteilen konnte, war ich in diesem Jahr exakt dieselbe wie im letzten Jahr und im Jahr davor.

## Ein kurzer Nachrichtenbeitrag aus einer längst vergangenen Zeit

Vor vielen Jahren hörten wir diese Geschichte in den Abendnachrichten: Eine Braut und ein Bräutigam betranken sich am Abend ihrer Hochzeit mit Freunden und stiegen dann ins Auto der Braut und fuhren davon. In einer Sackgasse in der Nähe einer Überführung hielten sie den Wagen an, stellten den Motor ab und fingen an, sich laut zu streiten. Der Streit war bis in die umliegenden Häuser zu hören und dauerte so lange, dass mehrere Nachbarn zu lauschen begannen. Nach einer Weile schrie der Bräutigam seine Braut an: »Na gut, dann überfahr' mich doch einfach.« Inzwischen schauten die Nachbarn auch von ihren Fenstern aus zu. Er stieg aus dem Auto, schlug die Tür hinter sich zu und legte sich auf der Beifahrerseite vor das Vorderrad des Wagens. Die Braut ließ den Motor an und rollte mit dem zwei Tonnen schweren Fahrzeug über ihn drüber. Er war auf der Stelle tot. Die Ehe war gerade mal einige Stunden alt. Zum Zeitpunkt seines Todes trug er noch seinen Smoking.

## Angst vor loser Zunge

Bitte sei nett, Ron, sagt sie.
Kein Wort über *irgendetwas*,
das sich vielleicht oder vielleicht auch nicht
bei Hamburger Mary's ereignet haben könnte!

## Caramel Drizzle

»Karamell-Sirup oder Caramel Drizzle?«
»Wie bitte?«
»Karamell-Sirup oder Caramel Drizzle?«
Das ist ein mitgelauschtes Gespräch. Ich schaue auf: Es ist eine große schlanke Frau mit Pferdeschwanz, die das Getränk an einer Starbucks-Theke kauft. Sie trägt eine dunkelblaue Uniform. Wir befinden uns an einem Flughafen. Sie ist wahrscheinlich eine Flugbegleiterin.
Lange Pause zum Nachdenken. Sie war noch nie zuvor mit dieser Auswahl konfrontiert.
»Ich nehm' den Drizzle.«

Jetzt sehe ich sie von hinten, dort drüben, mit ihrem blonden Pferdeschwanz und abstehenden Ohren, wie sie ihren Caramel Drizzle trinkt.
Während sie an der Theke stand und überlegte, war ich damit beschäftigt, zu enträtseln, ob in dem Drizzle eine kleinere Menge Karamell war als im Sirup, auch wenn der Sirup beim Drizzle sicherlich ebenfalls eine Rolle spielen musste.

Später geht sie mit einer anderen Angestellten der Fluggesellschaft davon, den leeren Becher in der Hand, den Caramel Drizzle in ihrem Innern.
Und dann stellt sich heraus, dass sie die Begleiterin auf meinem Flug ist – ihr Name ist Shannon. So wird ihr Caramel Drizzle also gemeinsam mit uns nach Chicago fliegen.

## Der Sprechkünstler

Seine literarische Form ist der Live-Vortrag, ohne Notizen, ohne Skript. Nachdem er sie gehalten hat, werden diese Vorträge manchmal veröffentlicht. Jetzt gerade lese ich einen Vortrag, den er in Philadelphia gehalten hat – die Worte stehen hier auf der Seite, und ich höre, wie er sie spricht, obwohl ich ihn und den Klang seiner Stimme nicht kenne. Ich lese dies in der Badewanne, und selbst wenn ich nicht in der Badewanne wäre, würde ich bemerken, dass eine gewisse Intimität bei der Lektüre von etwas existiert, das von einem Menschen geschrieben wurde, dem das Schreiben am Herzen liegt, besonders bei der Lektüre eines Vortrags, den dieser Mensch einmal persönlich gehalten hat.

Dann bin ich auf einer Party, und ich begegne dem Autor des Vortrags. Er lehnt sich über mehrere Personen, um mir die Hand zu schütteln, mit der anderen Hand umklammert er die beiden Aufschläge seines Cordjacketts, und er lächelt mit der Freundlichkeit eines Menschen, der gerade auf einer Party angekommen ist, aber er spricht nicht. Er spricht nicht, und den ganzen Abend über bin ich nicht in seiner Hörweite und kann ihn auch nicht sehen, weshalb er für mich an diesem Teil des Abends sprachlos bleibt. Doch zu Hause liegt das Buch noch immer aufgeschlagen auf dem Badewannenrand, und darin, wenn auch etwas weniger freundlich – etwas ernster – als bei der persönlichen Begegnung, spricht er ausführlich und ohne Unterbrechung.

## Die andere *sie*

Von dort, wo sie sich befindet, in einem anderen Teil des Hauses, hört sie seine Stimme im Schlafzimmer, weit weg, wie sie zu ihr spricht, sanft, heimelig, nachdenklich. Er weiß nicht, dass sie nicht im Zimmer ist.

Und dann, einen Augenblick lang, hat sie das Gefühl, dass noch eine andere *sie* da ist, bei ihm, vielleicht sogar eine bessere, und dass sie selbst eine abgewiesene *sie* ist, eine verschmähte *sie*, dort am Ende des Flurs, weit weg von dem Zimmer, in dem die beiden etwas Nettes am Laufen haben, gemeinsam.

## Früher haben alle geweint

Es ist nicht leicht, in dieser Welt zu leben: alle regen sich ständig auf über die großen oder auch über die kleinen Dinge, die schiefgehen. Einer wird von einem Freund beleidigt, eine andere wird von ihrer Familie vernachlässigt, und wieder ein anderer hat einen schlimmen Streit mit seiner Partnerin oder seinem pubertierenden Kind.

Oft weinen die Menschen, wenn sie unglücklich sind. Das ist ganz natürlich. Als ich jung war, habe ich etwa ein Jahr lang in einem Büro gearbeitet. Wenn es auf die Mittagszeit zuging, wenn die Leute im Büro hungrig und müde und gereizt wurden, fingen sie an zu weinen. Mein Chef gab mir manchmal ein Dokument zum Abtippen, und ich schob es verärgert weg. Er schrie mich an: »Tippen Sie es ab!« Ich schrie zurück: »Mache ich nicht!« Meist wurde er dann selbst bockig am Telefon und knallte den Hörer auf die Gabel. Wenn er dann endlich zum Mittagessen gehen konnte, liefen ihm die Tränen aus lauter Frustration die Wangen herunter. Wenn ein Bekannter im Büro vorbeikam, um ihn zum Mittagessen abzuholen, ignorierte er diese Person und zeigte ihr die kalte Schulter. Dann schossen auch dieser Person die Tränen in die Augen.

Nach dem Mittagessen fühlten wir uns alle besser, und das Büro war wieder gefüllt mit dem üblichen Brummen und Treiben, voller Menschen, die zügig Ordner hin und her trugen, voller plötzlicher Lachanfälle, die über den Arbeitsplätzen aus den Kabinen des Großraumbüros schollen, und meistens ging die Arbeit bis zum Spätnachmittag recht gut. Dann, wenn wir alle wieder müde wurden, noch müder als

am Morgen, und auch wieder hungrig, fingen wir wieder an zu weinen.
Die meisten von uns weinten sogar beim Verlassen des Büros weiter. Im Aufzug drängten wir uns gegenseitig zur Seite, und auf dem Weg zur U-Bahn starrten wir die Leute, die uns entgegenkamen, verächtlich an. Auf der Treppe zur U-Bahn quetschten wir uns durch die heraufkommende Menge nach unten.
Es war Sommer. Damals gab es noch keine Klimaanlagen in den U-Bahn-Waggons, und während die Tränen unsere Wangen benetzten, lief uns auch der Schweiß über Gesicht, Rücken und Beine, und die Füße der Frauen schwollen in ihren engen Schuhen dick an, während wir alle dichtgedrängt zusammenstanden und zwischen den Haltestellen hin und her schwankten.
Auch wenn einige Leute beim Zusteigen in die U-Bahn immer noch weinten, hörten sie auf der Heimfahrt allmählich damit auf, besonders wenn sie einen Sitzplatz gefunden hatten. Dann blinzelten sie meist mit ihren feuchten Wimpern und begannen, zufrieden auf ihren Fingerknöcheln herumzubeißen, während sie, weiterhin mit feuchtglänzenden Augen, ihre Zeitungen und Bücher lasen.
An diesem Tag würden sie dann vielleicht nicht mehr weinen, erst wieder am nächsten. Ich kann es nicht mit Sicherheit sagen, weil ich nicht bei ihnen war, ich kann es mir nur ausmalen. Ich, für meinen Teil, weinte zu Hause normalerweise nicht, außer am Tisch, wenn mein Abendessen ganz und gar enttäuschend war, oder wenn es auf die Schlafenszeit zuging, weil ich nicht wirklich ins Bett wollte, weil ich am nächsten Tag nicht aufstehen und zur Arbeit gehen wollte. Aber die anderen haben zu Hause vielleicht schon geweint, vielleicht sogar den ganzen Abend lang, je nachdem, was sie dort vorfanden.

## Vater muss mir etwas erzählen

Vater steht in der Küche und versucht, mir etwas übers Christentum zu erklären. Aber ich hatte wieder einen langen Tag, ich bin müde, ich höre nicht zu, und er sieht, dass ich nicht zuhöre. Später geht er nach oben und tippt eine Erklärung in zwei Absätzen, worin er aufzeigt, was er mir vorhin zu erklären versucht hat. Bevor er sie mir bringt, zeigt er sie meiner Mutter für ihre Rückmeldung. Ich reime mir dies erst später zusammen, denn ich erinnere mich, seine Schritte über meinem Kopf gehört zu haben, wie er in ihr Schlafzimmer geht, gefolgt von der Stille, während sie liest, was er geschrieben hat, und anschließend das Brummen ihrer Stimmen. Er kommt runter zu mir ins Wohnzimmer, wo ich mich gerade befinde, und überreicht mir die getippte Erklärung. Er sagt, dass ich sie natürlich nicht sofort lesen muss.

## Ein Augenblick vor langer Zeit: Der Wanderfotograf

Ein umherziehender Fotograf hat seine Kamera, sein Licht und seinen Stuhl in einem Lebensmittelgeschäft im Ort aufgestellt. Das ist schon viele Jahre her. Ich war dabei, ich habe es selbst gesehen. Ein sehr kleines Mädchen sitzt auf dem Stuhl, es ist kaum mehr als ein Baby. Die Kleine macht es ihm nicht leicht. Sie lächelt einfach nicht. Sie beobachtet ihn mit feierlichem Ernst. Aus Verzweiflung hält er schließlich eine orangefarbene Giraffe in die Luft, macht einen Schritt auf sie zu und fuchtelt wild damit vor ihrem Gesicht herum. Da reißt sie ihren Mund weit auf und zeigt ihre beiden unteren Zähne, ihre einzigen Zähne, bevor sie in Tränen ausbricht.

## Berühmtheitsgrund #2: Karl Marx und mein Vater

Karl Marx und mein Vater hatten beide Töchter. Beide Töchter wurden später in ihrem Leben Übersetzerinnen. Beide übersetzten Gustave Flauberts *Madame Bovary*!

## Der Witz

•••••••

Als die prüden Brüder, die Kirchgänger Larry und Averill Knickerbocker, vorbeischauten, um uns ihre Rechnungen zu bringen, war ich peinlich berührt wegen des Zustands des Hauses – wegen der Küche, die sie von der Veranda aus betraten, und wegen des Wohnzimmers, den beiden Räumen, die sie sehen konnten. Überall waren Kleidungsstücke und Spielzeug verstreut. Flecken auf den Schranktüren. Geschirrstapel auf den Arbeitsplatten und in der Spüle. Das Hochstuhltablett klebrig. Es war nicht dadurch zu entschuldigen, dass ich eine erschöpfte junge Mutter war, die arbeiten ging und dazu auch noch den Haushalt machte, so gut ich konnte. Und jetzt sprachen der Vater des Babys und ich von Trennung.

Larry brauchte einen Stift, um etwas auf seiner Rechnung zu vermerken. Ich gab ihm einen Kugelschreiber, der auf dem Küchentisch lag, und ging mit Averill ins Wohnzimmer, um ihm die Zimmerdecke zu zeigen.

Später, als sie weg waren, sah ich mir die Rechnung an, die wir nun bezahlen konnten. Vorher hatten wir überhaupt kein Geld gehabt, außer den 42 Dollar auf unserem Sparkonto, doch dann war der Vater meines Mannes gestorben – urplötzlich und aus heiterem Himmel. Er war Junggeselle und hatte etwas von einem Lebemann. Mein Mann war nach New Jersey runtergefahren, hatte seinen Cadillac verkauft und war mit einem Scheck über 10 000 Dollar zurückgekehrt.

Ich blickte zur Tür, durch die sie rausgegangen waren, und hinaus in die leere Einfahrt, wo ihr Laster geparkt war. Dann nahm ich den Kugelschreiber in die Hand und sah ihn mir an.

Auf dem Stift war ein Witz aufgedruckt: »Was ist der Unterschied zwischen Petersilie und Pussy? Petersilie schmeckt nicht.«
Ich musste darauf so laut auflachen – nicht über den Witz, sondern mehr über den Witz in dieser Situation –, dass sogar das Baby im Nebenzimmer zu lachen anfing.
Wahrscheinlich hatten wir den Kugelschreiber aus dem Haus meines Schwiegervaters mitgenommen, als wir es ausräumten.
Doch später dachte ich: Ich weiß nicht, wie es anderen Leuten geht, aber ich weiß, dass uns Petersilie schmeckt.

## Angst vor dem Älterwerden

Mit achtundzwanzig
sehnt sie sich danach, noch einmal fünfundzwanzig zu sein.

## Addie und das Chili

Vor Jahren bat mich Ellie, die Geschichte von unserer Freundin Addie und dem Chili zu schreiben. Bei dem Vorfall ging es um einige Teller Chili und um mehr als eine weinende Frau, nämlich mehrere weinende Frauen, und das Ganze hatte auch noch etwas zu tun mit den politischen Fehlern unseres Landes und mit den Fehlern, die wir selbst bei unseren Kindern machen. »Addie und das Chili« – so wollte ich die Geschichte nennen, denn im Zentrum der Szene standen drei Teller Chili auf dem Tisch des Restaurants, oder besser gesagt, zwei Teller und eine Schüssel, wobei die Schüssel mir gehörte. Ich habe einen Versuch unternommen, die Geschichte zu schreiben, und dann aufgegeben. Ich weiß nicht, ob die Geschichte mich besiegt hat oder ob ich einfach durch andere Dinge abgelenkt wurde. Zu dieser Zeit war ich alleinerziehende Mutter und versuchte, mich und mein Kind durchzubringen. Ich habe versucht, Geschichten zu schreiben, während ich gleichzeitig arbeitete und mich um mein Kind kümmerte, und häufig fing ich etwas an, ohne es zu Ende zu bringen. Jetzt sind mehr als dreißig Jahre vergangen, und ich starte einen neuen Versuch.

Ich bestellte nur eine Schüssel Chili, eine kleine Schüssel, weil ich aufgewühlt war und dachte, dass ich keine größere Portion essen könne. Aufgewühlt war ich durch den Film und durch Addie. Addie bestellte einen Teller, als sie noch gut gelaunt war, und sie quasselte ohne Ende, bevor sie wusste, was ich zu ihr sagen würde, und dann, nachdem ich es gesagt hatte, als der Kellner den Teller vor ihr abstellte, brachte sie nichts von dem Chili runter, oder zumindest sagte sie, dass sie nichts essen könne. Was Ellie betraf, sie bestellte einen Teller, weil sie sehr hungrig war, obwohl auch sie, wie ich, durch den Film und durch Addie aufgewühlt war. Sie hat ihren Teller schnell leergegessen, obwohl ich nicht mitbekommen habe, dass sie aufgegessen hat. Vielleicht aß sie ihr Chili, während ich Addie Vorwürfe machte und sie beleidigte und Addie darauf reagierte – zu hungrig, um zu warten. Anschließend hockte Ellie da, immer noch hungrig, und starrte auf den Teller, den Addie nicht angerührt hatte. Später erzählte sie mir, dass sie Addie darum bitten wollte, ihn ihr zu geben, dies jedoch nicht getan hat, weil sie wusste, wie verletzend es wäre, eine weinende Frau um ihr Chili zu bitten.

Was den Ärger ausgelöst hatte, war der Film, den Ellie und ich früher am Abend geschaut hatten. Es war ein gerade herausgekommener Film über einige niederschmetternde Dinge, die in einem anderen Teil der Welt geschehen waren und unter denen eine große Zahl von Kindern zu leiden hatte. Oder besser gesagt, alle haben gelitten, alt und jung, doch der Film zeigte vor allem die Kinder, und es war immer sehr schwer, die Vorstellung zu akzeptieren, dass Kinder überhaupt leiden müssen. Auch waren in Ellies und in meinem Leben Dinge geschehen, die uns für einen solchen Film anfälliger machten als sonst, auch wenn ich mich jetzt nicht mehr daran erinnern kann, was das für Dinge waren, und so gingen wir erschöpft durch die erlittene Trauer der Geschichte aus dem Film. Andere im Publikum waren offensichtlich genauso aufgewühlt wie wir. Zwei Männer waren scheinbar gar nicht in der Lage, den Saal zu verlassen, sie blieben nebeneinander sitzen und starrten geradeaus auf die leere Leinwand. Frauen, die ich in der Schlange vor der Damentoilette sah, hatten geweint oder weinten noch immer oder versuchten, nicht zu weinen.

Dann machten wir uns vom Kino zu Fuß auf den Weg, um Addie abzuholen, die in der Nähe wohnte, in einem Sandsteinhaus, und sobald sie die Treppe runtergekommen war, fing sie an, von sich zu erzählen. Addie sprach immer fast ausschließlich über sich selbst, und vermutlich tut sie das noch immer – ich habe keinen Kontakt mehr zu ihr, wenn auch nicht aufgrund dieses Abends. Ich versuche, mich zu erinnern, warum Ellie und ich mit ihr befreundet waren. Sie muss manchmal eben doch von anderen Dingen gesprochen und intelligente Dinge über Themen gesagt haben, die sowohl Ellie als auch mich interessierten.

Als sie an diesem Abend anfing, von sich selbst zu sprechen, wühlte sie mich noch mehr dadurch auf, dass sie ihre Bemerkungen ausschließlich an Ellie richtete, zumindest am Anfang. Während ich zuhörte, wurde ich äußerst wütend, auch wenn ich nichts sagte. Ich war wütend auf Addie über das, was sie sagte, über die Art und Weise, wie sie es sagte, und darüber, was mir dies über ihr Leben und ihren Charakter verriet, doch es ging noch etwas anderes vor sich, es gab noch andere Dinge, die meine Wut auf Addie verstärkten.

Ich war wütend wegen allem, was in dem Film vor sich gegangen war, wegen allem, was mir an diesem Tag und in dieser Woche widerfahren war, und wegen einiger Dinge, die mein Kind betrafen, sowie wegen einiger Dinge, die zwei Freundinnen betrafen, die eine Woche zuvor versucht hatten, sich das Leben zu nehmen, und wovon ich erfahren hatte – in einem Fall direkt von der Freundin selbst, die erzählte, wie sie den Notruf gewählt hatte und auf einer Bahre aus ihrer Wohnung getragen wurde. Es waren keine guten Wochen gewesen, damals im tiefsten Winter, und meine Wut über all das kochte in mir hoch, als Addie begann, uns etwas von einem Liebhaber zu erzählen – eine Geschichte, die sie offensichtlich

für tragisch und aufregend hielt und deren Mittelpunkt sie selbst war, die aber für mich, und wahrscheinlich auch für Ellie, einfach nur langweilig und schäbig wirkte.
Gut möglich, dass mich diese Geschichte an einem anderen Abend, nach ein paar anderen Wochen und einem anderen Film, oder sogar zu einer anderen Jahreszeit, im Hochsommer, draußen auf dem Gehweg bei einer warmen Brise, vielleicht interessiert hätte, diese Geschichte über einen erbosten Liebhaber, Telefonanrufe um drei und vier Uhr morgens, der geschenkte Blumenstrauß, der aus der Vase gerissen und ihr ins Gesicht geworfen wurde, die Forderung nach Rückzahlung von fünfzig Dollar, die anschließende Demütigung des Liebhabers, sein Betteln um Vergebung sowie die vermutlich vorenthaltene Vergebung. (Ich erinnere mich an alles, außer an dieses Letzte – ob Addie ihm vergeben hat.) Eines der Dinge, die wir an Addie genossen haben mussten, waren ihre oftmals absurden Erzählungen ihrer Affären. Ich erinnere mich nur an einen langjährigen Geliebten oder vielleicht sogar einen Ehemann, der ihre Füße in seinen Schoß nahm und sie pedikürte, was ich ganz rührend fand und was nicht zur restlichen Art ihres Liebeslebens passte.
Doch an diesem Abend, als wir ins Restaurant gingen, mit beißendem Wind und Schneematsch am Straßenrand, war ich kurz davor, unser Abendessen abzusagen. Ich war kurz davor, nach Hause zu gehen, obwohl meine kleine Wohnung nicht einladend gewesen wäre und sich besonders leer angefühlt hätte, da ich nicht geplant hatte, um diese Zeit dort zu sein. Ich sagte, ich sei müde und wolle nach Hause gehen, aber Ellie überredete mich zu bleiben, nicht nur, weil sie nicht mit Addie allein sein wollte, da bin ich mir sicher, ganz bestimmt überredete mich auch Addie, weil sie mehr Publikum als nur Ellie haben wollte.

Wir gingen ins Restaurant und setzten uns. Als ich begann, die Speisekarte zu lesen, während Addie weiterredete, bemerkte ich, dass ich weinte und weder essen noch trinken noch reden wollte. Dann entschloss ich mich, Klartext zu sprechen, denn ich konnte nicht so tun, als ob nichts wäre. Dann wandte ich mich an Addie und ließ sie wissen, dass ich etwas sagen wolle. Sie schaute mir in die Augen, und ihr Gesichtsausdruck war härter, als ich erwartet hatte, als hätte sie schon im Voraus gewusst, dass etwas Unangenehmes auf sie zukommen würde, und sich dazu entschieden, mir nicht zuzuhören. Bevor ich fortfahren konnte, kam jedoch der Kellner an unseren Tisch, ein großer junger Mann mit dicklichen Armen, und sagte: »Was kann ich denn für die Damen tun?« Das war der Augenblick, als wir das Chili bestellten, und der Kellner war nicht sonderlich erfreut darüber.

Als er ging, sah Addie mich noch einmal an, und ich fuhr fort, auch wenn ich nicht glaubte, dass das, was ich sagen wollte, viel bewirken würde. Ich sagte, sie habe mich gekränkt, die Art und Weise habe mich gekränkt, wie sie aus dem Haus gekommen war und uns gar nicht erst gefragt hatte, wie es uns geht und wie der Film war, und uns nicht einmal genau angesehen oder nachgedacht hatte, bevor sie anfing, von sich selbst zu sprechen und ihre Geschichte zu erzählen. Ich sagte, sie solle versuchen, unsere Stimmung zu interpretieren und auf uns einzugehen, dass sie so in sich selbst vertieft ist, dass sie uns kaum wahrnimmt, dass wir ihr egal zu sein scheinen und sie uns bloß als ihr Publikum betrachtet.

Sie sagte sofort, dass sie nichts mehr davon hören wolle, und fing an zu weinen. Dann begriff ich, dass sie mich durch ihre Reaktion als gemein hinstellte und dass sie sich selbst weiterhin ins Zentrum rückte, dass sie der Star blieb, wenn auch jetzt in einem anderen Drama. Jetzt war ich nur einer von vielen Menschen, die ihr Unrecht getan und sie verletzt hatten. Sie sagte, sie wolle gehen und zückte ihr Geld, um das Chili zu zahlen. Ich weiß nicht, was ich von ihr als Reaktion erwartet hatte – Reue, Scham, eine Entschuldigung?

Ellie versuchte nun, zwischen uns zu schlichten. Ich dachte auch, ich müsste sie überzeugen, hierzubleiben, und sie ihre Geschichte erzählen lassen, oder der Abend wäre einfach gelaufen. Ich bin mir nicht sicher, ob ich heute noch so empfinden würde wie damals, deshalb kann ich meine damalige Reaktion nur schwer verstehen. Heute hätte ich sie wahrscheinlich gehen lassen und abgeschrieben und hätte mich den Rest des Abends mit Ellie unterhalten. Jedenfalls habe ich getan, was ich konnte, um sie zu beschwichtigen, auch wenn ich genervt war. Ich habe getan, was ich konnte, um sie zu ihrer Geschichte zurückzulenken und diese aus ihr herauszulocken. Doch das gelang mir nicht.

Allerdings fühlte ich mich jetzt besser, nachdem ich ausgesprochen hatte, was mir auf dem Herzen lag, und ich aß meine Schüssel Chili genussvoll auf und bedauerte, keinen Teller bestellt zu haben. Weil ich es leid war, zu versuchen, Addie zum Reden zu bringen, wandte ich mich schließlich Ellie zu. Wir sprachen über Reisen, die wir beide bald unternehmen würden, und über Jobs, auf die Ellie sich erfolglos beworben hatte, und über die Meinung eines bestimmten Mannes von ihr, die ihr Sorgen bereitete – sie sagte, wenn sie sonst nichts hatte, worüber sie sich Sorgen machen konnte, dann sorgte sie sich darüber, was dieser Mann von ihr dachte.

Addie saß währenddessen mit gesenktem Kopf da, tastete mit dem Löffel die Oberfläche ihres Chilis ab und schniefte. Also wandte ich mich zu Addie und überredete sie, uns zu erzählen, was an jenem Tag mit ihrem Liebhaber geschehen war, und sie begann nun wieder zu reden. Sie erzählte nicht nur von diesem Geliebten, sondern auch von einem Gourmetkoch, den sie auf der Straße aufgegabelt hatte und der an diesem Morgen zwischen acht und neun Uhr zu ihr nach Hause gekommen war. Dann erzählte sie von einem anderen Mann, einem vielbeschäftigten Drehbuchautor, der ihr lange Briefe schrieb, obwohl er hier in der Stadt lebte. Währenddessen sagte Ellie kein einziges Wort. Sie hatte ihr Chili aufgegessen. Vielleicht war sie sauer, weil sie Addie nicht um ihr Chili gebeten und immer noch Hunger hatte. Immer wieder schaute sie zu Addies Chili. Allerdings glaube ich, dass sie jetzt wirklich sauer wurde, weil Addie genau das tat, was sie sich von Anfang an gewünscht hatte und was uns beide wirklich kränkte – sie redete vor einem aufmerksamen Publikum von den Männern, die sie liebten.

Ich werde Ellie fragen, ob sie sich noch an mehr erinnern kann als ich, aber ich verstehe jetzt, warum es so schwierig war, diese Geschichte zu schreiben – vor allem, weil, wie bei vielen Geschichten im wirklichen Leben, nicht viel passiert war. Alles, was geschehen war, war, dass bestimmte Emotionen während einer guten Stunde von Person zu Person gewechselt hatten. Addie war anfangs gutgelaunt, wurde dann wütend und verletzt und gewann schließlich wieder ihre gute Laune zurück. Ich war anfangs aufgewühlt durch den Film, wurde noch aufgewühlter und ärgerlicher und fühlte mich dann besser, nachdem ich Addie meine Meinung gesagt hatte, obwohl ich mich anschließend über ihre Beeinflussung ärgerte. Ellie war anfangs aufgewühlt durch den Film, wurde wütend auf Addie, auch wenn sie nicht so wütend war wie ich, fand zu ihrer Gelassenheit zurück, als sie versuchte, im Konflikt zwischen mir und Addie zu vermitteln, und dann, als Addie ihre gute Laune zurückerlangt hatte und ich versuchte, sie zu beschwichtigen, wurde sie nur noch wütender auf Addie.

Auf eine gewisse Art ist es allerdings interessant, darüber nachzudenken, was passiert, nachdem ein Film gedreht wurde und das Publikum ihn gesehen hat. Es wird ein Film gedreht, der zeigt, wie schwer Menschen in einem Krieg verletzt werden, und er ist so geschickt gemacht, dass er die Menschen, die ihn sehen, bewegt. Sie weinen oder sind kurz davor zu weinen, oder sie fühlen einfach nur Trauer und Scham, ohne sie zu zeigen. Und wenn der Film zu Ende ist, gehen sie auseinander und verschwinden in verschiedene Richtungen. Und einige von ihnen haben anschließend vielleicht Probleme beim Essen und lassen ihre Gefühle an ihren Freunden und Freundinnen aus, deren Fehler durch das im Film Gezeigte weniger verzeihlich wirken.

Inzwischen habe ich Ellie gefragt, doch sie hat den Abend völlig vergessen und kann sich auch nicht daran erinnern, mich gebeten zu haben, darüber zu schreiben. Es ist seltsam, dass ich so sicher war, sie würde ihn nie vergessen. Allerdings auf meine Frage hin dachte sie angestrengt nach und erinnerte sich an Addies vollen Namen, worauf sie nach ihr suchte, was ich nicht getan hatte, und erfuhr, dass sie jetzt in Europa lebt. Für mich war Addie aus dem Leben verschwunden, als ich den Kontakt zu ihr verloren hatte. Ellie fand heraus, dass Addie sogar einige ziemlich interessante Dinge gemacht hat. Unser Leben geht weiter, die Jahre verstreichen, wir fangen Dinge an und beenden sie, Jahr für Jahr summieren sich die Dinge in unserem Leben. Vielleicht waren wir deshalb so lange mit ihr befreundet, nicht nur, weil sie und ihre Geschichten uns amüsierten, sondern auch, weil sie einige interessante Ziele hatte und nicht nur intelligent, sondern auch albern und selbstverliebt war. Obwohl wir alle drei dies sein konnten, war sie die Albernste von uns.

Was Addies Chili betraf, so bat sie den Kellner an jenem Abend, es für sie einzupacken, damit sie es mit nach Hause nehmen könnte. Wir mochten den Kellner nicht besonders, unter anderem, weil er uns ganz offensichtlich nicht mochte – diese drei Frauen, die sich stritten und weinten und nichts weiter als etwas Chili bestellt hatten. Er sagte, das Restaurant habe keine Behälter »als solche« dafür, aber er würde es ihr so einpacken, wie es war, in der Schale, und er bat sie, die Schale anschließend ins Restaurant zurückzubringen. Sie wohnte in der Nähe und könnte die Schale am nächsten Tag vorbeibringen, was Addie, soweit ich weiß, auch getan hat.

## Wutanfälle

Sie fühlt sich außer Kontrolle und unwohl in ihrem Körper (sie ist schwanger). Er wird genervt: »Du ziehst immer die Aufmerksamkeit auf dich. Ich hab' ein echt hartes Wochenende vor mir.« Sie gibt ihm recht, obwohl das schwer ist, wenn sie sich so fühlt. Sie würde am liebsten einfach aufgeben und sich ins Bett legen, doch das kann sie nicht. Sie muss weiter versuchen, das Abendessen zu kochen. Als sie jedoch vier Hähnchenteile auf einem Bogen Alufolie anhebt, fällt eines der Teile zu Boden. »Du verdammtes Drecksding!«, schreit sie das Hähnchen an. Viel später, als sie gerade zu Bett gehen wollen, kommt schon wieder ein Anruf von seinem Bruder, der psychisch krank ist. Dieser Bruder hat seltsame Vorstellungen davon, was sie alle gemeinsam unternehmen sollten, und auch davon, wie man Dinge tragen sollte: Er meint, jeder müsse eine geistige Kartoffel mit sich führen, um im Leben voranzukommen, und manchmal glaubt er, er sei eine Schildkröte, die einen Laib Brot unter dem Arm trägt. Wie früher schon oftmals, hat sie den Anruf entgegengenommen, um ihren Mann zu schützen. Diesmal fängt sie, nachdem sie mit ihm gesprochen hat, furchtbar an zu heulen und schlägt mit den Fäusten gegen die Wände. Sie erträgt nicht mehr, wie er in ihr Leben eindringt. Sie ist fuchsteufelswild, auch wenn sie zu anderen Zeiten voller Mitgefühl gewesen war. Sie weiß, der Mann ist nicht verantwortlich für das, was er sagt.

## Berühmtheitsgrund #7: A. J. Ayer

Die ältere Halbschwester eines meiner ersten Freunde – das wurde viele Jahrzehnte nach ihrer Zeugung enthüllt – war die bis dahin nicht anerkannte Tochter des britischen Philosophen und Oxford-Professors A. J. Ayer. (Ihr Erbe bestand daraus, dass sie sich ein einziges Buch aus seiner Bibliothek aussuchen durfte.)

## Junge Hausfrau

Wie sie sich an jenem Tag selbst sah:
stämmig in Shorts,
schlaffes Haar, borstige Beine,
wie sie mit dem Baby raus in den Garten stapfte
und dann später wieder in den Garten
mit der Wäsche.
Aber war das jetzt nicht auch die Wahrheit?

## Hier auf dem Land

Hier auf dem Land gibt es Höfe voll rostender Autos, die als Ersatzteillager aufbewahrt werden. Ein blasses kleines Mädchen steckt sich die Finger in die Ohren, wenn der Motor eines Familienwagens aufheult.
In jedem Laden tauchen dieselben Leute auf, weil sie hier alle am selben Nachmittag in denselben Geschäften einkaufen gehen.
Der Preis bei einer Tombola ist eine Kettensäge, und das allein erscheint uns begehrenswert.

Alle Nachbarn haben zu viel Salat in ihren Gärten – auch wir.

Vögel nisten unter der Klimaanlage und auf der hinteren Veranda im Innern eines Bambusrollos, das wir im Frühjahr hochgebunden haben, um mehr Licht ins Badezimmer zu lassen.
Fledermäuse verbringen ein paar Tage, vielleicht auch länger, hinter dem Kamin. Am Abend sehen wir sie ausfliegen, eine nach der anderen, in kurzen Abständen, fünf oder sechs von ihnen, wie Brieftauben, die zu einem Wettflug aufbrechen. Sie werfen sich in die Luft und fliegen flach über den Rasen. Später quietschen sie an einem Fenster im Obergeschoss und kratzen an den hölzernen Schindeln, während sie auf dem Dachboden ein- und ausgehen.
Hornissen haben ein kegelförmiges Nest unter dem Dachvorsprung über der Veranda gebaut. Eines Abends in der Dämmerung schlagen wir es herunter. Es ist geschichtet wie feines Gebäck.

Es gibt ordentliche kleine Häuser mit blühenden Gärten und perfekt geglätteten Rasenflächen, dunkelgrün und makellos. Steife, kurze immergrüne Sträucher umarmen dieses gepflegte Haus, und eine braune Gans watschelt die Einfahrt entlang, gefolgt von zwei weißen Gänsen. Doch die Leute, die aus dem Haus kommen, haben ein mürrisches, raumgreifendes Auftreten, so stämmig und schmuddelig wie alte Hunde. Die Fenster anderer Häuser sind mit Plastikplanen verdeckt, und die Veranden hinter den Häusern sind überfüllt mit Gerümpel.

Bienen leben in einem hohlen Baum am Ende der Einfahrt, hinter einem schwarz angestrichenen Blech, das vor langer Zeit einmal über das Loch genagelt wurde. Bei heißem Wetter klammern sich mehr und mehr von ihnen an den Stamm, häufen sich übereinander, bis sie auf dem Baum einen dicken goldenen Bart gebildet haben.
Wenn das kühlere Wetter zurückkommt, ist der Bart verschwunden.

Ein schwarzer Schmetterling fächelt langsam seine Flügel, um sie zu trocknen, während er auf einem Ysander-Blatt reitet. Puderblaue Flecken säumen die unteren Kanten seiner Flügel, und die Unterseiten haben, gleich den Schwanzfedern eines Pfaus, schillernde Augen.

Hinten in unserem Garten hören wir das Geschrei der Nachbarskinder und die klaren, eindeutigen Rufe der Mutter: »Ich warne euch: Lasst mich in Ruhe!«

An manchen Tagen erschüttern geheimnisvolle Vibrationen das Haus, als rammte draußen eine riesige Person gegen die Haustür.

Auf dem Weg zum Dorfladen kommen wir vorbei an einem überwucherten Grundstück mit vier hohen Pfählen, die ein Rechteck bilden. In diesem Rechteck ist ein kleiner, ungenutzter Wohnwagen geparkt.
Die beiden Hunde der Nachbarn bellen und bellen. Vielleicht bellen sie sich gegenseitig an, vielleicht bellen sie aber auch gemeinsam eine dritte Sache an.

Der fleißige alte Mann zwei Häuser weiter kann nicht untätig sein. Wenn er sich nicht gerade um ein anderes Grundstück kümmert, harkt er seinen eigenen Kies oder jätet Unkraut in seinem eigenen Gemüsegarten. Wir hören den Metallschubkarren, der über seinen Rasen rattert. Manchmal kommt er zum Nachbarhaus, um die Katzen auf der Veranda zu füttern: »Komm, Miezi, komm«, ruft er sanft. »Komm, Kätzchen, komm. Hast du Hunger? Hast du Hunger?«

## Ei

••

Das holländische Wort für *egg* ist *ei*. Auf Deutsch heißt es *Ei*, auf Jiddisch *ey*, im Altenglischen *ey*. Das norwegische Wort für Ei ist *egg*, auf Isländisch ist es *egg*, auf Färöisch *egg*, auf Schwedisch *ägg*, auf Dänisch *æg*. Im Altnordischen lautet das Wort *egg*, im Mittelenglischen *egge*. (Im Französischen ist es *œuf*.) (Im schottischen Gälisch ist es *ugh*.)

Zwei amerikanische Babys, das ist lange her, lernen sprechen – sie lernen Englisch, sie können ja nicht anders. Sie sind fast achtzehn Monate alt, das eine ist eine Woche älter als das andere. Manchmal streiten sie sich um ein Spielzeug, manchmal spielen sie ganz ruhig im selben Zimmer.
Auf dem Wohnzimmerboden sieht eines der Babys heute einen runden weißen Gegenstand auf dem Teppich liegen. Der Kleine steht etwas mühsam auf und watschelt zu dem Gegenstand. Er sagt: »Eck?« Daraufhin schaut das andere Baby hoch, steht auf, ebenfalls etwas mühsam, watschelt zu ihm hinüber und sagt: »Äck!« Sie lernen das Wort, sie haben's fast. Es spielt keine Rolle, dass der runde weiße Gegenstand kein Ei, sondern ein Tischtennisball ist. Mit der Zeit werden sie auch das noch lernen.

## Der Nachmittag einer Übersetzerin

Obwohl sie spät dran ist, bleibt sie stehen, bevor sie aus der U-Bahn-Station kommt, um sich im Spiegel der U-Bahn-Toilette anzusehen. Sie hatte gedacht, dass sie gut gekleidet sei, als sie das Haus verließ, aber denkt nun, dass dies nicht der Fall ist. Sie trägt eine Arbeitsmappe und zwei Bücher. Sie geht von der U-Bahn in Richtung Westen zu dem Haus des wohlhabenden Anthropologen, der eventuell einen Auftrag für sie hat. Nervös denkt sie an andere Dinge und achtet nicht darauf, wohin sie geht. Sie tritt in einen großen, weichen Haufen, den ein Hund auf dem Gehweg abgelegt hat. Als sie versucht, den Kot von ihrem Schuh zu entfernen, bleibt ein junger Mann, der einfältig wirkt, stehen, um ihr Ratschläge zu erteilen, bleibt dann neben ihr und beobachtet mit freundlichem Interesse, wie sie mit ihrem Fuß auf dem Bordstein herumkratzt.

Als sie an dem hübschen Stadthaus ankommt, betätigt sie die Türklingel im Durchgang des Souterrains. Die deutsche Haushälterin, die die Tür aufmacht, hat in der Küche gerade Hemden gebügelt. Der Mann, der hier allein lebt, kommt die Treppe herunter, um ihr die Hand zu schütteln. Er hat dunkle Augen und lockere dunkle Haarsträhnen, die ihm beim Sprechen in die Stirn fallen. Er trägt ein weißes Hemd und eine schwarze Hose.

Fast auf der Stelle klingelt das Telefon, und als er abnimmt und Italienisch spricht, geht sie ins Badezimmer nebenan, um sich die Hände zu waschen und ihren Schuh zu inspizieren. An der Wand neben ihr hängt ein kleines Gemälde von einem Stück Brot.

Als sie aus dem Bad kommt, telefoniert er noch immer, und sie geht durchs Zimmer und schaut durch die Glaswand auf den kargen Garten. Als er mit dem Telefongespräch fertig ist, führt er sie die Treppe rauf in einen Flur voller afrikanischer Skulpturen. Als sie anschließend weiter im Haus nach oben gehen, weitere Zimmer passierend, sieht sie in einem der Schlafzimmer ein Kinderbett. Später erzählt er ihr, dass er einen zweijährigen Sohn hat, der in Mexiko lebt.
Im obersten Stockwerk des Hauses sind die Wände des Arbeitszimmers von diesem Mann mit Büchern gesäumt, alle mit weißen Umschlägen, die so sauber sind, als ob sie nie aufgeschlagen worden wären. Sie verbringt eine nette Stunde mit ihm, und sie besprechen einen Übersetzungsauftrag, den er ihr gerne erteilen würde, und sie sprechen allgemeiner über Sprachen, das Schreiben, das Leben in der Stadt und das Leben auf dem Land.
Sie verlässt das Haus mit dem Gefühl, durch diesen Besuch und die Aussicht auf Arbeit angeregt worden zu sein, und sie besucht ein nahe gelegenes Kaufhaus, um zu shoppen. Sie bleibt drei Stunden lang dort, kauft aber nur ein einziges Paar rote Shorts für elf Dollar, bevor sie wieder runter in die U-Bahn-Station geht, um nach Hause zu fahren.

## Gestern Abend im Kino

Gestern Abend im Kino
sahen wir
zusammen mit zwei Wagen voller Insassen
des Wingdale Psychiatric Center:
*Kein Koks für Sherlock Holmes.*

## Sonntagabend in den Sommerhäuschen

Es ist Sonntagabend, und einige Wochenendgäste, die die Leute in den kleinen Häuschen am See besucht haben, fahren jetzt bei Dunkelheit in die Stadt zurück, und ein paar Leute, jene Leute, die den ganzen Sommer über in den Häuschen wohnen, begleiten sie zu ihren Autos. Es sind nicht viele, doch sie sind alle zur gleichen Zeit hierhergekommen, und das sorgt in diesem stillen, ruhigen Ort für etwas Verwirrung. Leah, die Vegetarierin, sagt tief aus dem Innern ihrer Halskrause heraus: Schaut euch das nur an, schaut, wie viele Leute. Und es passiert so unglaublich wenig hier, dass es den Anschein hat, als würde hier etwas passieren. Taschenlampen aus dem Dunkeln leuchten über den Boden, über die glänzenden Felsbrocken auf den Straßen, und über die vielen umhergehenden Beine, doch die Gesichter bleiben verborgen. Leahs weiße BH-Träger lösen sich unter ihrem Kleid und fallen auf ihre dicken Arme. Sie ist eine kleine Frau, die eindringlich vor den Steinen und Wurzeln auf den Wegen warnt, und ihr Mann Henry tadelt sie ganz sanft.

## Eine Theorie

Vor den Ufern unseres Landes liegen in rauen Mengen Erdklumpen wie Trittsteine. Aus jedem Klumpen ragt eine dünne Metallstange heraus. Zwischen den Stangen hängen lose Drähte, die jede Stange mit mehr als einer anderen verbinden, sodass ein großes Netz von Silberdrähten in der Luft, etwa fünfzehn Fuß über dem Wasser, schwebt. Wir sind uns nicht sicher, welchem Zweck diese Struktur in früheren Zeiten einmal diente. Möglicherweise diente sie der Stromerzeugung. Vielleicht schlug ein Blitz willkürlich in eine der Stangen ein und wanderte dann durch die Drähte, die ungeordnet miteinander verbunden sind. Auf der Suche nach einem Entladungspunkt beschleunigte die Spannung dann so sehr, bis es endlich zu einer erfolgreichen Entladung kam und die Energie ausreichte, mehrere Häuser zu beleuchten. Das ist meine Theorie – obwohl ich niemals wirklich einen Entladungspunkt gesehen habe. Andererseits gibt es hier, wenn ich darüber nachdenke, nur selten Gewitter, vielleicht sieben oder acht im August und eines im Juli.

# II

## Aushang für die Gemeinschaft: Beispiel für Redundanz

Dies ist eine Erinnerung,
dass sich
die Gemeinschaft
heute Nachmittag
versammeln wird,
um als Gemeinschaft
zusammenzukommen.

## Gespräch auf lauter Party an verschneitem Winternachmittag auf dem Land

Pilot:
– Ich habe einen kleinen Vogel an der Straße gefunden, der war so groß. (*Er hält seine Hände zwanzig Zentimeter weit auseinander.*) Er war wunderschön, ganz perfekt.
Vogelkundlerin antwortet schnell:
– Unecht.
Kapitän ist verwirrt. Er dachte, es würde sie interessieren.
– Was, unecht?, sagt er.
Vogelkundlerin lacht. Andere sind auch anwesend und hören zu. Sie lachen.
– Nein, ich habe gesagt, Buntspecht. Ich kann ihn dir in einem Buch zeigen, aber ich glaube, es könnte einer gewesen sein.
Er ist immer noch verwirrt.
– Ein was?
– Ein Buntspecht. S-P-E-C-H-T.
– Oh! Okay. (*Pause.*) Ich dachte, es könnte eine Ringdrossel sein.
– Könnte sein. Ich kann dir ja mal einen zeigen.
– Die sehen so ähnlich aus, oder?
– Ja, sie sind klein. Aber sie haben einen sehr lauten Gesang.
– Es ist kein Blut an ihm. Ich glaube, er wurde von einem Auto angefahren. (*Die anderen nicken.*) Er muss sich das Genick gebrochen haben. (*Die anderen nicken wieder.*) Ich kann ihn dir geben, wenn du willst.
– Sicher, ich leg' ihn in meine Gefriertruhe.
Er lacht. Sie lachen.

Vogelkundlerin fährt fort:
– Ich hatte mal ein Wiesel in meiner Gefriertruhe.
Er lacht wieder. Sie lachen alle wieder.
– Es lag zwei Jahre lang in meiner Gefriertruhe.
Sie lachen wieder.
– Ich habe auf John Berry gewartet, bis er's abholen kommt.
Eine Frau fragt:
– Ist er ein Tierpräparator?
– Nein, er interessiert sich nur für Wiesel. (*Sie warten, wollen mehr hören.*) Es war ein kleines Wiesel. Es war das Einzige in meiner Gefriertruhe. Lag direkt neben dem Wodka.
Sie lachen wieder. Eine andere Frau fügt hinzu:
– Naja, solange man an den Wodka noch rankommt …

## Eine Frage an den Schreibkurs betreffend eine Art von Haushaltsobjekt

Könnt ihr euch
eine tragische Szene ausdenken,
in der ihr
die Bibelots und den Klimbim
im Henkelmann erwähnt?

## In einem Hotelzimmer in Ithaca

April, die Haushälterin,
hat eine Nachricht für mich hinterlassen,
handgeschrieben, mit roter Tinte, auf einem Stück Papier.
Es liegt neben der Kaffeemaschine.
Sie hat geschrieben: »Weisheit beginnt mit Verwunderung.«
Das Zitat stammt von Sokrates.
Aber der Smiley, der stammt von April.

## Begebenheit im Zug

Ich sitze im Zug, reise allein, habe zwei Plätze für mich.
Ich muss auf die Toilette. Ohne größer darüber nachzudenken, frage ich ein Pärchen auf der anderen Seite des Ganges, ob sie bitte einen Moment auf meine Sachen aufpassen könnten. Dann schaue ich sie mir genauer an und bin mir nicht mehr so sicher: sie sind jung, das ist das Eine. Außerdem wirken sie sehr nervös, der Mann hat blutunterlaufene Augen, und das Mädchen hat eine Menge Tattoos. Trotzdem, jetzt ist es gesagt. Ich stehe auf und mache mich auf den Weg durch den Zug. Vorsichtshalber bitte ich aber jemanden, einen Mann ein paar Plätze hinter mir, der einen Anzug trägt und wie ein Geschäftsmann ausschaut, doch bitte ein Auge auf dieses junge Paar zu werfen, denn ich müsste einen Moment meinen Platz verlassen, und dort seien all meine Wertsachen. Ich könnte schlicht zurückgehen und meine Tasche unter irgendeinem Vorwand mitnehmen – tatsächlich wird dies von dem Mann vorgeschlagen, der sich dagegen wehrt, in diese Lage gebracht zu werden, in die Lage, das, was er gerade tut, unterbrechen und ein junges Paar beobachten zu müssen, das nichts Falsches gemacht hat – zumindest *noch* nicht. Doch es ist mir zu unangenehm, noch einmal zurückzugehen und meine Tasche zu holen, und selbst wenn ich noch einmal zurückginge und meine Tasche holte, würde ich auf meinem Sitz immer noch einen wertvollen Mantel liegen lassen.
– Können Sie nicht warten?, fragt der Mann, obwohl es ihn nichts angeht.

– Nein. Dann kommt mir eine andere Idee: Vielleicht könnten Sie sich auf meinen Platz setzen, solange ich weg bin?
– Nein, sagt der Mann, dann müsste ich ja *meine* Sachen unbeobachtet lassen.
Er ist nicht sehr kooperativ. Ich sage: Aber die Dame auf der anderen Seite des Gangs könnte doch für Sie darauf aufpassen – sie sieht vertrauenswürdig aus. Sie ist alt und sitzt ganz still.
– Sie schläft.
– Sie könnten sie aufwecken.
– Das möchte ich eigentlich nicht tun.
Die alte Dame sitzt neben einer jüngeren Frau. Die jüngere Frau ist zusammengesunken, sie schläft, und die alte Frau ist ebenfalls zusammengesunken und an die jüngere Frau gelehnt.
– Geben Sie ihr einfach einen leichten Ruck.
– Nein, das werde ich nicht tun. Ich glaube übrigens auch nicht, dass sie schläft – vielleicht ist sie ja gestorben.
Ich glaube, er macht Witze, aber ich bin mir nicht sicher.
Unsere Stimmen sind lauter geworden. Jetzt fühlen sich die Leute um uns herum durch unser Gespräch gestört und obendrein noch dadurch, dass ich im Gang stehe und auf ihn runterschaue. Alle, außer der alten Dame, die ja wirklich gestorben sein könnte. Ihr Mund ist offen, doch ich kann nicht erkennen, ob ihre Augen geöffnet sind.
– Könnten Sie ein bisschen leiser sein?, sagt jemand. Es ist die Frau neben der alten Dame. Sie ist aufgewacht und starrt uns an. Meine Mutter schläft, sagt sie.
Ihr Ton gefällt mir nicht. Jetzt werde ich leicht gereizt.
– Ich dachte, sie sei tot, sage ich.
Die Frau stupst die alte Dame mit dem Ellbogen an und sagt, Mama, sag dieser Spinnerin, dass du nicht tot bist.

Die alte Dame öffnet die Augen und schaut ihre Tochter ausdruckslos an. Ich bin nicht deine Mutter, sagt sie.
– Ach, Himmel, sagt die Tochter.
Inzwischen hat hinter ihnen jemand angefangen zu summen. Es ist ein Mädchen im Teenageralter, oder vielleicht ist sie auch etwas jünger, vielleicht zwölf. Das Summen geht mir auf die Nerven, bei all der Unruhe, die hier ohnehin schon herrscht. Ich bin geräuschempfindlich.
– Warum summt sie denn?, frage ich die Frau neben ihr, die wohl ihre Mutter ist.
Ihre Mutter sagt: Wegen euch hier – ihr macht sie nervös, sie summt, wenn sie nervös ist, oder wenn Leute zu viel reden, wenn irgendjemand zu viel redet.
Sie starrt uns an, wenn auch friedlich, während das Mädchen weitersummt. Das interessiert mich jetzt. Einige andere Leute haben sich umgedreht, um sie sich anzusehen. Die alte Dame versucht, ihren Kopf zu drehen, doch sie schafft es nicht, ihn sehr weit nach hinten umzudrehen.
Die Mutter des Mädchens fährt fort, die Neurose ihrer Tochter zu erklären. Das Mädchen summt nun lauter.
Die alte Dame wird unruhig. Sie beäugt jeden Menschen um sich herum, starrt dann die Frau neben sich an und sagt: Ich weiß überhaupt nicht, wer Sie sind!
Ich muss immer noch auf die Toilette, obwohl ich es eine Weile lang vergessen habe.
Der Geschäftsmann, der die Geduld verloren hat, steht auf und sagt: Also gut, dann setz' ich mich auf Ihren Platz. Gehen Sie einfach und kommen Sie wieder. Schluss jetzt mit dem ganzen Tohuwabohu.
Ich finde, das ist eine seltsame Wortwahl, besonders für einen Geschäftsmann, aber ich spreche meinen Gedanken nicht aus.

Er schiebt sich an mir vorbei und geht zu meinem Platz. Ich will mich vergewissern, dass er den richtigen Sitz gefunden hat. Ich habe, wie gesagt, zwei Sitzplätze, und sie befinden sich auf der Seite des Flusses. Er beugt sich runter, schiebt meinen Mantel beiseite und setzt sich auf den Gangplatz. Durch den Lärm der alten Dame und des Mädchens hinter ihr, das noch immer weitersummt, obwohl seine Mutter aufgehört hat zu sprechen, höre ich nun den jungen Mann mit den blutunterlaufenen Augen laut sagen: Ey, Mann, da sitzt schon jemand.

Der Geschäftsmann sagt, dass er dies wisse und dass die Frau ihn gebeten habe, ihren Platz freizuhalten.

Der junge Mann ist überrascht. Warum hätte sie das denn tun sollen?, fragt er. Der Geschäftsmann schweigt, wahrscheinlich überlegt er, was er sagen soll.

Der junge Mann wartet ab. Dann sagt er: Echt?

– Sie hat mich geben, mich hier hinzusetzen, während sie auf der Toilette ist, sagt der Geschäftsmann.

– Mann, warum denn? Das macht ja überhaupt keinen Sinn, sagt der junge Mann. Er wirkt etwas defensiv.

Der Geschäftsmann schweigt immer noch. Schließlich zuckt er nur mit den Schultern.

– Oh, mein Gott, sagt der junge Mann, mein Gott. Verdammte Scheiße.

Allerdings sagt er dies leise. Er sagt dies sogar noch, als ich den Gang entlanggehe. Und ich fühle mich etwas schlecht, weil ich so ein Aufsehen erregt habe, denn schließlich versucht er, meinen Platz zu verteidigen, vielleicht habe ich mich also von Anfang an in ihm getäuscht, in ihm und seiner tätowierten Freundin. Ich habe ihnen nicht vertraut, bloß weil sie jung waren. Andererseits wusste er sich nicht sehr gut auszudrücken.

## Brief an den Vater

Celan sagt in Bezug auf Kafka: »Ein Gedicht ist immer ein Brief an den Vater.«
Ich erzähle dies meinem Freund, dem Dichter.
Mein Freund, der Dichter, antwortet:
»Celan muss einen anderen Vater gehabt haben, als ich einen habe.«
Er überlegt kurz und fragt dann: »Als ich habe? …«
Sein Vater ist tot.
»Habe ich einen Vater, oder habe ich einen Vater gehabt?«
Ich kann diese Frage nicht beantworten.

## Gespräch auf lauter Party an verschneitem Winternachmittag auf dem Land (Kurzfassung))

Pilot: Ich habe einen kleinen Vogel an der Straße gefunden, der war so groß. (*Er hält seine Hände zwanzig Zentimeter auseinander.*)

Vogelkundlerin: Unecht?

Kapitän: Ich habe gesagt, ich habe einen kleinen Vogel gefunden, ein sehr schönes Ding, am Straßenrand.

Vogelkundlerin: Unecht.

Kapitän: Ein kleiner Vogel, es ist kein Blut an ihm zu sehen. Er sah perfekt aus. Ich glaube, er ist von einem Auto angefahren worden.

Vogelkundlerin: Unecht.

Kapitän: (*Pause.*) Naja, ich dachte ja nur, das interessiert dich vielleicht …

Vogelkundlerin: Buntspecht!

Kapitän: Was?

Vogelkundlerin: *Buntspecht!*

## Demokratie in Frankreich, im Jahr 1884

In *A Little Tour* beschreibt Henry James das, was er die Demokratie nennt, wie sie in Frankreich vorherrscht: Ein Kellner bringt einem Gast in einem Café einige Schreibutensilien. Da das Café ruhig ist und der Kellner nichts Besseres zu tun hat, setzt er sich anschließend zu dem Gast an den Tisch und schreibt selbst einen Brief.

## Berühmtheitsgrund #8: Auf dem Weg nach Detroit

Neulich auf einer Reise nach Detroit saß ich im Flugzeug neben einer Frau, die sich als die Witwe des Neffen von Lewis Mumford herausstellte!

## England

Meine linke Hand versucht beim Tippen immer wieder, ein weiteres *E* in das Wort *acknowledgment* hineinzuschreiben und daraus *acknowledgement* zu machen – die britische Schreibweise –, während meine rechte Hand das *E* immer wieder löscht. Vielleicht ist meine linke Hand in England aufgewachsen.

## Kriminelle Aktivitäten im historischen Colonial Williamsburg

Während einer Block Party betritt eine Touristin ein Souvenirgeschäft mit einer offenen Dose Bier. Sie ist leicht angetrunken, ein bisschen laut und geschwätzig und will nicht gehen, weshalb sie einfach in der Nähe der Tür stehen bleibt. Der Ladenbesitzer ist verärgert und fordert sie mehrfach auf, das Geschäft zu verlassen. Die Frau bleibt jedoch hartnäckig dort stehen, wo sie ist. Eine Angestellte beobachtet das Geschehen aus dem hinteren Teil des Ladens. Nach einigen Diskussionen ruft der Ladenbesitzer die Polizei, und die Frau wird wegen Trunkenheit und Ruhestörung verhaftet. Monate später geht der Fall vor Gericht. Für die Verteidigung wird eine Zeugin geladen: die Angestellte des Souvenirgeschäfts, die sich mit der Angeklagten solidarisiert. Die Frau mit der offenen Bierdose habe keinen Schaden angerichtet, sagt sie, sie sei nicht wirklich betrunken gewesen oder hätte sich ungebührlich verhalten. Es gibt keine Zeugen für die Anklage. Verärgert lässt der Richter die Anklage fallen.

## Gespräch in der Hotellounge

Zwei Frauen sitzen auf dem Sofa in der Hotellounge, zueinander hingebeugt und in ein Gespräch vertieft. Ich gehe durch die Lounge, bin auf dem Weg in mein Zimmer.
Erste Frau, laut und deutlich, freudig: »Ich hab noch nie *fun* gehabt!«
Ich bin überrascht und fasziniert – was für ein vertrauliches Gespräch die beiden haben! Ich versuche, mir ihr bisheriges Leben vorzustellen. Ich versuche, mir vorzustellen, was sie in letzter Zeit erlebt hat, und versuche, mir die Offenbarung vorzustellen, die dies für sie sein muss – das Konzept von *fun*, von *Spaß*. Meine Gedanken dauern nur einen Moment an.
Zweite Frau, leise sprechend, unhörbar: »[Murmel, Murmel].«
Erste Frau: »Nein, nein, nicht Spaß. *Fun* ist ein chinesisches Wort. *Fun* ist Mandarin. Das ist … eine Art von Reisnudel!«

## Berühmtheitsgrund #9: In Detroit

Als ich in Detroit in einer Schlange stand, begegnete ich einer Frau, die sich als die Tochter von Samuel Becketts Verleger Barney Rosset entpuppte.

## Ein Freund borgt sich einen besseren Einkaufswagen

Ein Mann, der alte Fernsehgeräte, alte Telefone, alte Zeitschriften und anderes altes Zeugs sammelt, sagt zu seinem Freund: »Oh nein, wirf die nicht weg!« Er spricht von einem Paar sehr großer und sehr alter Lautsprecher. Er sagt, er werde sie mitnehmen. Er kommt mit der U-Bahn aus einem anderen Teil der Stadt gefahren und bringt seinen Einkaufswagen mit. Die Lautsprecher sind so groß, dass nur einer davon in den Einkaufswagen passt. Er bringt ihn mit der U-Bahn zurück in seine Wohnung. Er kehrt zurück, um den anderen Lautsprecher zu holen, aber diesmal ohne seinen Einkaufswagen. Er hat festgestellt, dass sein Freund einen besseren Einkaufswagen besitzt, also leiht er sich diesen aus. Bringt er ihn gleich wieder zurück? Ja, er bringt ihn gleich wieder zurück und kommt noch einmal mit der U-Bahn. Warum nimmt er nicht beide Lautsprecher auf einmal in einem Taxi mit? Nun, vielleicht hätte das durchaus funktioniert, sie hätten neben ihm auf den Rücksitz gepasst, und er kann sich eine lange Taxifahrt leisten. Doch er gibt niemals mehr Geld aus als nötig. In seinem Freundeskreis hat er das meiste Geld und ist auch der einzige *Geizhals*.

## Schabbatstory #1: Leistungsschutzschalter

Hitzewelle in der Stadt.
Orthodoxer Jude steht auf dem Gehweg und wartet, bis Nicht-Jude vorbeikommt.
Nicht-Jude, Fremder, kommt vorbei.
Wird Fremder dem Juden helfen?
Jude führt Fremden in Gebäude und in Keller.
Fremder legt Leistungsschutzschalter um.
Klimaanlage springt wieder an.
Oben in Wohnung sitzen viele Männer in Unterhemden und schwitzen in Hitze.
Fremdem werden Milch und Kekse angeboten, zum Dank.

## Brief an den U.S. Postal Service betreffend ein Poster

Sehr geehrte Postbehörde,

neulich befand ich mich in meinem örtlichen Postamt, und während ich in der Schlange wartete, hatte ich Gelegenheit, ein Poster zu betrachten, das dort aufgehängt war. Es war groß (etwa 90 mal 120 Zentimeter) und grellbunt, und in großen Buchstaben stand darauf: »Die Menschen sind gut.« Das Bild hinter den Worten zeigte das Innere eines sehr großen Pappkartons mit ein paar Styroporchips am Boden. Der Text des Posters betraf den Versand von einem Paar Schuhe in einem großen Karton voller Styroporchips. Ich hatte erwartet, dass die Botschaft ökologisch sein und uns auffordern würde, über den Abfall nachzudenken, bevor wir zum Verschicken zu viel Füllmaterial benutzen.

Ich habe mich schon oft darüber geärgert, dass ich Artikel erhalten habe, die unnötig in Styroporchips eingepackt waren. Ich versuche, die Chips einzusammeln und sie in eine Plastiktüte zu stecken, um sie bei meinem örtlichen Versandunternehmen abzugeben, da es mir nicht gefällt, etwas auf die Mülldeponie zu werfen, was nie abgebaut werden kann, und dann ärgere ich mich nur noch mehr. Ich vermute, es ist statische Elektrizität, durch die die Chips an meinen Händen, Haaren und sonst auch allem anderen kleben bleiben, sodass es schwierig ist, sie abzusammeln, und weil sie so gut wie nichts wiegen, ist es noch schwieriger, sie in den Plastiksack reinzuschütteln.

Ich lese immer gerne Poster, die mit einer meiner Ansichten übereinstimmen. Doch als ich weiterlas, war ich schockiert über die Botschaft dieses Posters, dessen Co-Sponsor ein Inter-

net-Auktionshaus war: der Versand von einem Paar Schuhe verpackt in einer überdimensionalen Schachtel mit Styroporchips wurde von Ihnen oder Ihren Autoren oder den Autorinnen des Auktionshauses als »eine Art von Liebe« bezeichnet.
Das erscheint mir aus mehreren Gründen falsch zu sein. So wie ich es verstehe, sind Menschen, die Artikel versenden, die bei Internet-Auktionen erworben wurden, für die Käufer einfach Fremde, und die Transaktion ist rein kommerziell. Wenn sie den gekauften Gegenstand mit großer Sorgfalt verpacken, liegt das entweder daran, dass sie gewissenhaft sind oder sicherstellen wollen, dass ihre Bewertungen hoch bleiben und sie in Zukunft weitere Artikel verkaufen können. Es geschieht nicht aus irgendeiner Art von Nächstenliebe, die sie für einen fremden Menschen gar nicht empfinden könnten, wenn sie nicht wirklich aufgeklärte Menschen sind, was bei den meisten Menschen ja nicht der Fall ist. Schlimmer als dieses Missverständnis ist aber die allgemeinere Botschaft dahinter, dass das Verschwenden von Verpackungsmaterial etwas Gutes ist oder zumindest eine harmlose, eher charmante Marotte. Einen Artikel wie ein unzerbrechliches Paar Schuhe in einer so übermäßigen Verpackung zu verschicken, zeugt meiner Meinung nach nicht von Liebe zur Umwelt, und ohne Liebe zur Umwelt ist jede andere Form der Liebe weniger bewundernswert, aber das ist eben auch nur meine Meinung. Sie ermutigen sicherlich nur weiter zu der Art von Verschwendung, an der unsere Gesellschaft schon genügend Schuld hat. Als Regierungsbehörde sollten Sie sich darüber besondere Sorgen machen.
Bitte überdenken Sie noch einmal die Botschaft, die Sie aussenden wollen.

Mit freundlichen Grüßen.

## Reife Frau gegen Ende einer Diskussion über Regenmäntel beim Mittagessen mit einer anderen reifen Frau

Sie sagt in einem vernünftigen Ton,
»Es muss ja nicht *unbedingt* ein Burberry sein!«

## Schabbatstory #2: Minjan

Mann steht auf Gehweg vor Synagoge und hält Handy in Hand.
Fremder kommt vorbei und fragt Mann, ob er Handy benutzen kann.
Mann willigt ein, Fremder telefoniert.
Mann fragt seinerseits, ob Fremder in Synagoge kommen kann.
Weiterer Mann benötigt, um Minjan zu bilden.
Fremder willigt ein, bleibt für größten Teil des Gottesdienstes.

## Unser Netzwerk

Je mehr Zeit vergeht, desto mehr Verbindungen mit anderen Menschen gehen wir ein. Ich nehme mir keinen Anwalt, außer unter besonderen Umständen, wenn ich meinen Verwandten oder meinem Ex-Mann oder meiner Vermieterin drohen will. Ich habe allerdings einen Therapeuten, eine Börsenmaklerin und einen Steuerberater, die ich regelmäßig aufsuche. Und natürlich ist es sehr wahrscheinlich, dass meine Börsenmaklerin eine Therapeutin hat und dass deren Therapeut einen Anwalt hat. Zweifellos hat dieser Anwalt auch eine Therapeutin, eine Steuerberaterin und möglicherweise seine eigene Anwältin. Diese Verbindungen von Fachleuten, die wichtige Dienstleistungen anbieten, bilden ein sehr wichtiges Netzwerk in unserer Gemeinschaft.

## William Cobbett und der Fremde

Ein Mann, der ihm fremd war, fragte Cobbett, warum er so frisch und jung ausschaue. Cobbett antwortete, er stehe früh auf, gehe früh zu Bett, esse frugal, trinke nie etwas Stärkeres als ein kleines Bier, rasiere sich einmal am Tag und wasche sich mindestens drei Mal täglich Hände und Gesicht.

Der Fremde entgegnete, das sei zu viel, so viel könne man nicht machen.

## Berühmtheitsgrund #3: June Havoc

Meine Eltern kauften ein kleines Haus in Connecticut von June Havoc, die selbst als kleines Kind schon eine talentierte Schauspielerin und Stepptänzerin war. Sie war jedoch nicht so bekannt wie ihre Schwester Gypsy Rose Lee.

## Eine Frage der Perspektive

Ich sah etwas Weißes, das sich neben dem Haus durch die Luft bewegte.
Ich dachte, es sei ein großer weißer Schmetterling, der vorbeiflatterte –
ein seltener weißer Schmetterling!
Doch es war nur ein Eilbrief,
der in der Hand des Briefträgers am Fenster vorüberschwebte.

## Baumeister

Mit seiner ausgezeichneten Handwerkskunst
steht er dort oben auf seiner Leiter
und ruiniert mit größter Sorgfalt
das älteste Haus der Stadt.

# Feinde

••••••

Feinde: Eine Art, es zu sagen

Ich habe einen Feind, ich habe noch nie zuvor einen Feind gehabt.
Tatsächlich habe ich jetzt zwei Feinde. Nein, ich habe nur einen, aber schlimm genug; aber er hat jetzt einen, und weil er mein Partner ist, muss sein Feind zu meinem Feind werden. Und weil der Partner seines Feindes die Sache seines Feindes unterstützt, muss der Partner seines Feindes auch zu meinem Feind werden.

Feinde: Eine andere Art und Weise, es zu sagen

Wir haben jetzt einige Feinde. Vorher haben wir niemals Feinde gehabt. Oder zumindest hatte ich nie Feinde. Er schon. Jetzt haben wir zusammen mindestens zwei. Er hatte einige, unten in der Stadt und auch hier in der Nähe. Jetzt haben wir eine Feindin, die eigentlich nur meine Feindin ist, es sei denn, sie schließt ihn mit ein in ihren Zorn. Und wir haben noch einen, oder zwei, wenn die Frau sich dem Mann anschließen und sich gegen uns wenden wird. Das wissen wir jetzt noch nicht. Sie, oder er, waren anfangs wirklich nur seine Feinde, oder sein Feind, aber wenn ich mich auf seine Seite schlagen will, müssen sie auch zu meinen Feinden werden. Beide, oder alle, Feinde sind hier in der Stadt oder nahe genug. Es wird peinlich und unangenehm sein, oder traurig, ihnen auf der

Straße zu begegnen. Ich war noch nie in dieser Situation, dass es mir peinlich ist, jemandem, einem Feind, auf der Straße zu begegnen.

## Einsam (Dosenschinken)

Die dünne kleine alte Frau
geht zaghaft
in ein Geschäft
am Tag vor Thanksgiving.
Sie fragt:
»Haben Sie einen Dosenschinken?«

## Dieser unausstehliche Mann

Dieser unausstehliche Mann! Ich habe ihn neulich im Zug gesehen, und ich wusste, wer er war, aber ich konnte mich nicht an seinen Namen erinnern. Ich musste danach mehrfach an ihn denken, und ich habe versucht, mich an seinen Namen zu erinnern. Er war so unausstehlich damals, als ich noch Kontakt mit ihm hatte. Inzwischen ist sein Haar schlohweiß, und doch hat er immer noch diese Art, einen direkt anzustarren, wie ein verängstigtes Kaninchen, mit solch aufgerissenen Augen.
Heute sitze ich wieder im Zug, und ich wünschte, er würde zusteigen. Dann würde ich ihn fragen, wie er heißt. Vielleicht könnte ich dann aufhören, über ihn nachzudenken.

Der Anfang hiervon – »Dieser unausstehliche Mann!« – hat mich an ein Gedicht von Lorine Niedecker erinnert. Vielleicht ist es aber auch umgekehrt, und es ist wegen des Gedichts von Lorine Niedecker, dass ich sage: »Dieser unausstehliche Mann!« Ihr Gedicht geht so:

(Ohne Titel)

Der Museumsmann!
Ich wünschte, er hätte Pas Spucknapf mitgenommen!
Ich werde den Spucknapf aus dem Haus tragen
und in der Erde vergraben
und oben einen Stein drauflegen.
Denn ohne den Stein obendrauf
käme er wieder zurück.

Wahrscheinlich hat es in beide Richtungen funktioniert: Ich habe die Geschichte mit diesen Worten begonnen, weil das Niedecker-Gedicht ohne mein Wissen irgendwo in meinem Gedächtnis war. Als ich dann meine Geschichte anschaute, erinnerte sie mich an das Gedicht.

Jetzt würde ich sie vielleicht anders schreiben, mehr wie ihr Gedicht:

Dieser abscheuliche Mann!
Ich habe ihn im Zug gesehen, und ich wusste genau, wer er war, so lange ist es her!
Bloß erinnerte ich mich nicht an seinen Namen.
Ach, ich wünschte, er würde wieder in den Zug steigen.
Dann könnte ich ihn begraben
und oben einen Stein drauflegen.

## Wehmütige alte Jungfer

Was ist das,
was sie zärtlich in der Badewanne berührt,
während sie sich im warmen Wasser zurücklehnt?
Ah,
ein schwimmendes Lesezeichen …

## Alte Männer im Ort

In unserem Ort ging früher ein alter Mann aus seinem Haus und machte seinen täglichen Spaziergang an den Straßenrändern. Es gab nicht viele Gehwege, und so teilte er sich die Straße mit den Autos, in den Seitenstraßen aber fuhren die Autos langsam an ihm vorbei. Er war ein großer, schlanker alter Mann mit einem leicht gebeugten Gang – der Vater des Arztes in unserem Ort. In der einen Hand hielt er seinen Gehstock, einen Stoffbeutel in der anderen Hand, für die Post, und er ging zügig, aber mit derartig kleinen Schritten, dass er nicht sehr schnell vorankam.

Jetzt scheint er verschwunden. Das warme Wetter ist zurückgekommen, doch er erscheint nicht mehr auf der Straße. Bei dem kalten Wetter gibt es keine alten Männer auf der Straße. Jetzt, wo das warme Wetter gekommen ist, sind ein paar alte Männer erschienen, doch wir sehen sie nur im Ortskern, wenn sie einen kurzen Weg zurücklegen, um in einen Laden zu gehen, oder wenn sie an einer Straßenkreuzung stehen bleiben. Einer von ihnen ist feist und bärtig, trägt kurze Hosen mit Hosenträgern, dunkle Socken und feste Schuhe. Ein anderer ist spindeldürr und wackelig auf den Beinen, schwankt auf eine Seite, stützt sich mit einer Hand an irgendeinem Stück Wand in seiner Nähe ab oder lehnt sich weit zurück, um eine Ladentür aufzuziehen.

Früher ging noch ein anderer alter Mann immer an unserem Haus vorbei. Er hatte ein gutes Gleichgewicht und einen längeren Schritt. Er trug eine Schottenmütze schräg auf seinem hübschen Kopf. Sein weißes Barthaar war kurz und lockig.

Im Gegensatz zum Vater des Doktors hatte er sein ganzes Leben in dem Ort gelebt, und er blieb stehen, um uns zu erzählen, wo einst die Gehwege gewesen waren und wer eines gewaltsamen Todes gestorben war, in welchem Haus. Heute sehen wir ihn nicht mehr.

Noch ein anderer alter Mann stand einmal die Woche in Anzug und Mantel und mit polierten schicken Schuhen vor seinem Tor. Er war früh draußen und wartete darauf, von seinem Sohn abgeholt zu werden.

Wir sehen diese alten Männer auf den Straßen unseres Ortes, und wir sehen andere in einem Pflegeheim, wo sie von ihren Familien zurückgelassen wurden. Das Pflegeheim ist selbst wie ein kleines Dorf, mit einer eigenen Kapelle, einem Friseursalon, einem Geschenkeladen und einem Versammlungsraum wie in einem Rathaus. Hier befinden sich die Büros der Verwaltung, und dort gibt es einen Flur wie die Hauptstraße. Da kann man die anderen Einwohner des Ortes treffen und mit ihnen reden. Einige der Bewohner verbringen jedoch den ganzen Tag damit, im Flur auf und ab zu gehen. Sie haben es aufgegeben, innezuhalten, um zu plaudern, wenn sie es überhaupt jemals getan haben, und wenn sie an einem vorbeigehen, starren sie einen scharf an, auf beinahe feindselige Weise, oder sie starren mit leeren Augen geradeaus vor sich hin.

Einer von ihnen, gut gebaut, adrett gekleidet, der zügig und mit kräftigem Schritt geht, murmelt zu sich selbst von Mitarbeitern und von der Arbeit, die sie heute verrichten werden. Er bleibt stehen, um uns mitzuteilen, dass er früh morgens aufstehen muss, um in die Fabrik zu gehen. Die Fabrik gibt es nicht mehr, seine Mitarbeiter gibt es nicht mehr, aber er scheint immer noch für etwas verantwortlich zu sein.

Ein großer, hochgewachsener und knochiger alter Mann ist noch immer bestens bei Verstand. Er sitzt in seinem Rollstuhl in der Tür zu seinem Zimmer und blickt auf den Flur hinaus, und wenn wir stehen bleiben, um mit ihm zu reden, erzählt er uns von seinem Leben als Wollsortierer in Australien. Seine Frau besucht ihn beinahe täglich und verbringt viele Stunden dort, sitzt auf einem Stuhl neben ihm, während das kleine Hündchen auf seinem Schoß sitzt und fröhlich den Fußgänger- und Rollstuhlverkehr beobachtet.

In seinem Bett mit den weißen Laken liegt ein anderer alter Mann, der Professor, dessen Haut beinahe so weiß ist wie sein Bettlaken. In einem benachbarten Bett liegt sein Zimmergenosse, dessen Haut dunkelbraun ist. Sie sind gute Freunde und gehen liebevoll miteinander um, obwohl der Zimmergenosse noch mehr bei Verstand ist als der Professor. Der Zimmergenosse genießt die Besuche seiner Familie, verlässt aber nicht gerne sein Zimmer. Der alte Professor hat viel von seinem Gedächtnis verloren, aber nichts von seinem Sinn für Humor. Er versucht, einen Witz zu machen, doch er spricht nicht deutlich, und nur seine Familie kann erraten, was er sagt. Er weiß, wer sein Besuch ist, doch weiß er nicht mehr, was er in seinem Leben gemacht hat. Seine Familie fährt ihn in seinem Rollstuhl aus dem Zimmer und den Flur entlang. Zu den Mahlzeiten bringen sie ihn in den Speisesaal, wo sie ihm dabei helfen, seine Mahlzeiten einzunehmen.

In einem Dorf, von dem wir gelesen haben, verbrachte vor zweihundert Jahren ein alter Mann seinen Lebensabend unabhängig von seinem Gesundheitszustand entweder in seinem eigenen Haus oder im Haus eines Verwandten oder gegebenenfalls auch bei einer anderen Person, die dafür bezahlt wurde, sich um ihn zu kümmern. Entweder fiel er seiner Familie zur Last, oder er fand kleinere Mittel und Wege, sie zu unterstützen. Solange er sich aus eigener Kraft fortbewegen konnte, streifte er vielleicht durch die Straßen oder die Felder, die Wiesen oder die Wälder. Dann, eines Tages, wurde er von einer Krankheit oder einem Unfall heimgesucht und starb langsam oder schnell.

Amiel Weekes, alt, aber noch nicht am Ende seines Lebens, lebte allein an der Südseite des Dorfes mit Blick aufs Meer und auf die Wälder. Jeden Samstagnachmittag, wenn die Sonne noch hoch am Himmel stand, kehrte er von seiner Arbeit zurück nach Hause, wusch sich, rasierte sich und aß sein spärliches Abendessen aus Brot und Milch. Dann setzte er sich hin und las in seiner Bibel. Auf diese Weise begann er seinen Schabbat.

Der alte Onkel Jonathan kam, um Pfosten zu verzapfen und einen Zaun aufzustellen. Die Kinder glaubten, kein anderer Mann im Ort sei in der Lage, Pfosten zu verzapfen. Dann, wenn die Sonne sich dem nördlichen Wendekreis näherte, kehrte er mit seiner Hacke zurück, um Mais zu pflanzen, und er würde abermals zurückkehren, wenn der Mais reif wäre. Die Kinder versammelten sich um Onkel Jonathan, denn er hatte einen freundlichen Blick und eine freundliche Stimme gegenüber Kindern, und sie schauten ihm gerne dabei zu, wenn er Stunde um Stunde Pfosten zapfte oder Stangen fügte. Er war groß gewachsen und hatte eine athletische Statur und hinkte wegen seines Rheumatismus. Er unterbrach seine Arbeit regelmäßig, um eine Erfrischung zu sich zu nehmen, stets um elf Uhr und noch einmal um vier Uhr, und dann legte er sein Werkzeug nieder, um etwas Rum, Salzfisch und Kekse zu sich zu nehmen. Sein Gesicht war voller Würde, mit einer hohen intellektuell anmutenden Stirn, und sein Geist war vermutlich ebenso intellektuell, doch er war bescheiden darin, seinen Gedanken Ausdruck zu verleihen. Wie andere

Menschen seiner Zeit führte er ein unauffälliges Leben, in Armut, arbeitete für sein tägliches Brot und starb schließlich an Altersschwäche, worauf er nur wenige Tage betrauert und dann vergessen wurde.

Ebenezer Brooks, ein anderer alter Mann aus demselben Dorf, hatte markante Augen, eine große römische Nase und eine breite, abschüssige Stirn. Sein Haar war silbrig weiß und hing zu beiden Seiten seiner Brille herab, während er sich in seinem Stuhl neben dem Kamin zurücklehnte und in der guten Bibel las oder darüber in seinem ruhigen Heim einschlief.

Der alte Onkel Eben war der Sohn Ebenezers. Am Ende seiner Lebensmitte erlitt er einen Schlaganfall, war fortan einseitig gelähmt und wurde zu einer großen Last für seine Familie. Zehn Jahre lang saß er in seinem Stuhl, und er bewegte sich fort, indem er sich oben auf die Stuhllehne stützte, den Stuhl nach vorne schob, um sich anschließend erneut auf das Lehnenoberteil zu stützen. Er sprach in kurzen Silben, aber nie deutlich genug, um verstanden zu werden. Er nahm einen Bleistift in die linke Hand und kritzelte damit ein paar Worte nieder.

Er humpelte immer zum Haus seines Bruders Obed hinüber, stützte sich auf die Lehne seines Stuhles und schleppte ihn umher, wobei er sich auf dem Stuhl ausruhte, wenn er müde wurde. Er kehrte immer seltener in sein eigenes Haus zurück. Schließlich blieb er in Obeds Haus, saß am Küchenfenster oder bei warmem Wetter in der Mitte der Wiese, oder er stand im Winter im Holzschuppen herum. Viele Jahre lang sägte und spaltete er dort mit der linken Hand Feuerholz. Schließlich erkrankte er an einer Darmentzündung und starb.

Und dann war da noch George Weekes, der den ganzen Tag lang ruhelos von Ort zu Ort wanderte, und zu dem Verwandten, der sich um ihn kümmerte, kehrte er erst bei Einbruch der Dunkelheit oder wenn er hungrig oder müde war zurück. An einem Wintertag war er weiter als sonst von zu Hause weggegangen. Es begann zu schneien, und es ging Ostwind. Die Schneeflocken, die auf ihn fielen, wurden dicker und dichter. Sturm und Dunkelheit zogen auf, als er noch weit weg war vom Feuer und von der abendlichen Mahlzeit, die auf ihn warteten. Der Nordostwind heulte durch die Bäume, und der Schnee umhüllte ihre Stämme und beschwerte ihre Äste und schob sich in alle Zufluchtsorte in der Landschaft. Der alte George verfolgte seine eigenen Schritte zurück zum nächsten Haus, doch es waren nur die Kinder zu Hause, und sie fürchteten sich davor, ihn hereinzulassen. Also kehrte er in das Tal zurück, das er durchqueren musste, um heimwärts zu gelangen, und er stieg ins Tal hinab, obwohl er niemals ans andere Ende gelangen würde. Seine Kräfte verließen ihn. Es überkam ihn ein seltsamer Schlaf, und er blieb reglos liegen. Der Schnee hüllte ihn tief ein.

Der alte Seth und der alte Joe waren achtzig Jahre alt und zu schwächlich zum Arbeiten. Ihre Frauen spannen keine Wolle mehr und webten nicht mehr ihr eigenes Tuch. Also trafen die alten Männer eine Vereinbarung mit Obed Brooks, dem Besitzer des Gemischtwarenladens. Sie übertrugen ihm einen Teil ihres Besitzes, und im Gegenzug versorgte er sie mit Lebensmitteln und Walkstoffen, auf dass sie sittsam und warm gekleidet wären. So ergab sich schließlich ein alltäglicher Anblick im Dorf: Der alte Seth und der alte Joe kamen langsam die Brewster Road mit einem Schubkarren herauf, die sie abwechselnd entlangschoben. Mit dem Schubkarren brachten sie ihr Schweinefleisch und ihre Melasse nach Hause, und sie hielten nur ab und an inne, um mit jemandem zu plaudern, dem sie auf der Straße begegneten, bis sie weitergingen und dabei miteinander schnatterten wie zwei kleine Kinder.

## Ehemoment der Verärgerung – Kokosnuss

Nach vielen Tagen sagte er zu ihr:
»Würdest du mal *irgendwas* mit dieser Kokosnuss machen?«

## Auf ihrem Weg Richtung Süden am Sonntagmorgen (dachten sie)

Mark und Gail hielten an, um ihr Motorrad und sich selbst aufzutanken. Als sie jedoch das Restaurant betraten, sagte die Frau, die sie mit der Speisekarte in der Hand begrüßte: »Sonntags gibt's bei uns Frühstück.« »Aber heute *ist* Sonntag«, sagte Mark. »Ja, deshalb gibt's bei uns nur Frühstück«, sagte die Frau. Sie waren noch immer verwirrt.

Ihre Aussage schien keine Negation zu sein, keine Warnung, dass sie nichts zu essen bekommen würden, obwohl es Sonntag war, und, so dachten sie, Morgen.

Trotzdem hielt sie Speisekarten in den Händen, als wären diese für die beiden.

Hier haben wir eines der Probleme – es ist ein Problem der Grammatik. Das Adverb »sonntags« ist hier nicht präzise genug, sodass seine Bedeutung unklar ist. »Sonntags gibt's bei uns Frühstück« könnte eigentlich bedeuten, »Der einzige Tag, an dem wir Frühstück anbieten, ist der Sonntag. An keinem anderen Tag der Woche bieten wir Frühstück an.« Es könnte aber auch bedeuten, dass das Restaurant neben dem Frühstück am Sonntag auch andere Mahlzeiten anbietet, und in diesem Fall könnten Mark und Gail unabhängig von der Tageszeit etwas essen.

Um das, was die Frau gemeint haben muss, auszudrücken, hätte sie das Adverb »nur« verwenden sollen: »Sonntags gibt es nur Frühstück.« Auch wäre es richtig, vielleicht sogar noch klarer, gewesen, die Wortreihenfolge umzustellen, sodass der letzte Teil an erster Stelle stünde: »Frühstück gibt es bei uns nur sonntags«, oder noch deutlicher: »Am Sonntag gibt es nur Frühstück, es ist die einzige Mahlzeit, die wir servieren.« Hätte sie diese umgekehrte Wortfolge verwendet, wäre das, was sie ausdrücken wollte, klar genug gewesen.

Die nachdrückliche Aussage der Frau hätte den Anschein erwecken können, dass Mark und Gail nicht in der Lage sein würden, in dem Restaurant zu essen, da das Restaurant an diesem Tag nur Frühstück anbot, und entgegen dem, was Mark und Gail glaubten, hätte es scheinen können, als ob die Frühstückszeit vorbei war, da jetzt bereits früher Nachmittag war. Aber bedeutete die verwirrende Aussage der Frau tatsächlich, dass es für Mark und Gail zu spät war, um noch etwas zu essen? Nein. Sie bedeutete, dass sie zwar etwas essen könnten, jedoch kein Mittagessen erwarten sollten. Nein, das Restaurant bot noch immer Frühstück an. Und nachdem sie ihre erste, belehrende Aussage getätigt und dann wiederholt hatte, führte die Frau Mark und Gail schließlich zu einem schönen Tisch im Freien, im Schatten, auf der Terrasse des Restaurants, und schickte eine Kellnerin, um ihre Bestellung aufzunehmen.
Während sie aßen, dachte Mark nach: Vielleicht, weil sein Gehör nicht mehr so gut war wie früher, war ihm die Betonung der Frau entgangen, als sie die beiden auf die Einschränkung der Speisekarte hinwies – vielleicht hatte er die Intonation nicht verstanden, die ihnen mitteilte, dass sie tatsächlich etwas essen könnten. Vielleicht hat Mark nicht die Tatsache in Betracht gezogen, dass die Bedeutung von Adverbien mitunter von ihrer Betonung abhängig ist und seit Jahrhunderten ein Quell zahlreicher Studien ist und zwar besonders, weil Zweideutigkeit durch Satzbetonung vermieden werden soll –

genau die Betonung, die Mark und Gail vielleicht überhört haben.
Wie lange sind sie geblieben? Bis ihr Hunger gestillt war, und bis sie ausgeruht und bereit waren, sich wieder auf den Weg zu machen. Haben sie anschließend daran gedacht, ihr Motorrad aufzutanken? Haben sie.

## Berühmtheitsgrund #1: Ezra Pound

Ich weiß nicht genau, wie ich dies ausdrücken soll. Ich werde es auf verschiedene Weise versuchen:

Pounds Sohn Omar war der Ehemann der Nichte des Vaters meiner Halbschwester.
Die Nichte des Vaters meiner Halbschwester, also die Cousine ersten Grades meiner Halbschwester väterlicherseits, war verheiratet mit Ezra Pounds Sohn Omar.
Die Schwester des Vaters meiner Halbschwester hatte eine Tochter, die Pounds Sohn Omar heiratete.
Eine der beiden Töchter von Louise Margaret, der Schwester des Vaters meiner Halbschwester, heiratete Pounds Sohn Omar.
Der Schwiegervater der Tochter von Louise Margaret, der Tante meiner Halbschwester, war Ezra Pound.
Der Schwiegervater der Tochter der Tante meiner Halbschwester war Ezra Pound.

Später erkläre ich dies, so gut ich kann, einem Freund, der Pound-Experte ist, da ich meine, dass es ihn interessieren könnte. Er zeigt mäßiges Interesse daran, weist mich anschließend aber darauf hin, dass Omar in Wirklichkeit nicht Pounds biologischer Sohn war.
Sein einziges biologisches Kind war eines, das er nicht anerkannte.
Dieses Kind war die uneheliche Tochter von Olga Rudge.

Ich habe nichts dagegen, wenn meine Fakten korrigiert werden.

# III

## Frau geht zu Rennstrecken-Besitzer

Anfang Winter geht eine Frau zum Besitzer einer großen Autorennstrecke nicht weit von hier, um mit ihm über den Terminplan für die kommende Saison zu sprechen. Sie ist eine sanftmütige, freundliche Frau, während der Besitzer der Rennstrecke ein strenger Mann sein kann. Aber, vielleicht als Reaktion auf sie und entgegen seinem Charakter, bei diesem Treffen ist er ebenfalls sanftmütig. Sie geht zu ihm, weil ihre Tochter im Garten des Hauses heiraten will, in dem sie aufgewachsen ist, und der Garten liegt nicht weit entfernt von der Rennstrecke – das Haus und die Rennstrecke trennen nur ein breiter Bach und ein kleines Waldstück. Sie und ihre Tochter möchten sich auf ein Datum für die Hochzeitszeremonie einigen. Sie würden gerne wissen, wie der Rennkalender aussieht, um zu schauen, ob der Besitzer versichern kann, dass es einen Nachmittag gibt, an dem keine Rennen oder Testfahrten stattfinden. Sie werden den Termin der Hochzeitszeremonie dann auf den Nachmittag legen, wenn die Strecke ruhig ist. Es ist nicht nur der Lärm der Strecke, den sie zu vermeiden versuchen. Wenn die Hochzeitszeremonie an einem Renntag stattfinden würde, würde das Publikum des Rennens in den kurzen Pausen zwischen den Lautsprecherdurchsagen und dem Aufheulen der Motoren möglicherweise durch den Klang der Ehegelöbnisse der jungen Frau und der Musik, die durch die Bäume schallt, gestört werden.

## Älter werden

Eine Frau kann das fünfundfünfzigste Lebensjahr erreichen und bei guter Gesundheit sein, nicht ernsthaft krank oder behindert sein, und gleichzeitig können, nach ihrer letzten Zählung, zehn verschiedene Dinge mit ihrem Körper nicht in Ordnung sein. Von oben nach unten: Wimpern, Augen, Zahn, Kiefer, Drüse, linker Ellbogen, Leber, das Unaussprechliche, linkes Knie, rechter Fuß …

## Unsere Fremden

1

Menschen sind für mich Fremde. Menschen, die ich nicht kenne, haben Gewohnheiten, die überhaupt nicht mit meinen Gewohnheiten vergleichbar sind. Diese Gewohnheiten überraschen mich, wohingegen andere nicht von ihnen überrascht sind: sie werden als vollkommen selbstverständlich angesehen. Jemand ist Mitglied im Jagdverein. Jemand anderes trinkt gerne Dubonnet vor dem Essen und weiß immer genau, wann es Zeit ist für einen Drink. Diese Menschen sind nicht wie ich, und sie sind auch nicht wirklich wie die anderen, obwohl sie sich, meines Erachtens, untereinander mehr ähnlich sind, als sie mir ähneln, bloß weil sie alle gemeinsam haben, dass sie für mich Fremde sind.

Dann ziehe ich in ein leerstehendes Haus, und plötzlich wohnt nebenan ein Fremder. Ich lebe mein Leben, und er lebt nebenan sein eigenes Leben, und weil wir etwas gemeinsam haben, ergeben wir zusammen eine Art Familie. Wir sind wie eine Familie und sind nicht wie eine Familie, denn wir kommen als Fremde zusammen und gehen ein vorübergehendes Bündnis ein, während Familienmitglieder häufig zu Fremden werden und nur durch ihr Blut miteinander verbunden sind. Ein Nachbar wird zu einer Art Cousin oder Elternteil. Oder aber ein Nachbar wird zu einem erbitterten Feind, einer unerträglichen Präsenz, die ins eigene Leben eindringt.

## 2

Ein Mann und sein Sohn, die hier im Dorf neben mir wohnten, hegten einen derartigen Groll gegen mich und mein Haus, dass sie alle Fenster ihres Hauses, die auf meines blickten, zugehängt haben. Doch nicht nur das – sie hängten dunkelgelbe Laken hinter ihrem Haus an einer Wäscheleine auf, um mir den Blick in ihren Garten zu versperren. Ihre Wut war noch nicht gestillt, und der Sohn brach in mein Haus ein, während ich in der Stadt war – nicht um etwas zu stehlen, sondern um etwas von mir zu beschädigen und einen Ort zu betreten, an dem er unerwünscht war. Ich hörte, wie er durch die Hintertür aus dem Haus verschwand, als ich vorn reinkam. Ich habe ihn nicht gesehen. Ich sehe ihn selten. Den Vater sehe ich nie. Nur manchmal, wenn ich im Garten arbeite, höre ich, wie er hinter dem Zaun etwas murmelt.

## 3

Eine andere Nachbarin von mir besitzt Orientteppiche, und ich denke manchmal darüber nach, einen zu stehlen. Sie braucht nicht alle, die sie hat. Es gibt größere Teppiche in ihrem Wohnzimmer und kleinere Läufer im Flur und noch weitere im oberen Schlafzimmer. Die meisten meiner Böden sind kahl. Im Sommer verreist sie nach Block Island. Sie schickt mir eine Postkarte aus Block Island. Sie würde nicht auf den Gedanken kommen, dass ich ihr einen Teppich gestohlen hätte, denn sie weiß, dass ich ein ehrlicher Mensch bin. Wir verbringen gerne Zeit miteinander. Wir essen zusammen zu Abend.

Doch gerade die Perfektion dieses Verbrechens, über das ich

nachdenke, macht es mir unmöglich. Sie würde mich nicht verdächtigen, weil ich sie nicht bestehlen könnte, und weil ich es niemals tun könnte, kann ich es nicht tun.

## 4

Nahezu jede Familie in diesem Ort hatte schon einmal Schwierigkeiten mit einem Nachbarn auf der einen oder anderen Seite. Die Probleme sind nicht nur jene, die jedes Jahr wiederkehren: Hunde, die bellen oder jaulen; zu viele Lichter, die die ganze Nacht brennen; die gelegentlich laute Musik, gelegentlich laute Partys; brennende Büsche und Blätter; Feuerwerkskörper oder röhrende Geländewagen auf den Feldern. Das sind Belästigungen, die die Menschen meistens hinnehmen. Die größeren Probleme haben damit zu tun, was entlang der Grundstücksgrenzen passiert. Die gemeinsamen Grundstücksgrenzen sind der Fokus äußerst starker Emotionen.

Einige der Probleme sind folgende: Ein Mann und seine Frau bauen illegalerweise eine winzige Terrasse, die sich nur wenige Meter von der Grundstücksgrenze entfernt befindet. Sie weigern sich, die Terrasse zu versetzen. Ihr Nachbar spricht nicht mehr mit ihnen.

Dann ist da noch ein Komposthaufen. Diese Leute, begeisterte Gärtner, haben drei große, aber gut gepflegte Komposthaufen in der hintersten Ecke ihres Gartens angelegt, weit entfernt von der Straße und von ihrem Haus, jedoch angrenzend an den Garten des Nachbarn. Dies empfindet der Nachbar als Beleidigung. Er spricht kein Wort mehr mit ihnen.

Ein anderer Ortsbewohner lässt seine Katzen frei herumlaufen, sie schlüpfen aus dem Haus und wieder hinein durch eine Katzentür auf seiner hinteren Veranda. Wir haben aufgehört nachzuzählen, wie viele Katzen es sind. Er lässt sie nicht sterilisieren, und sie vermehren sich. Auf ihren Streifzügen besuchen sie die Gärten aller Anwohner, die gesamte Straße entlang. Sie pirschen sich durchs hohe Gras und markieren Türschwellen und fangen Singvögel. Doch, soweit wir wissen, hat sich noch niemand bei ihm beschwert.

Einmal gab es ein Problem mit einem Zaun, der entlang einer gemeinsamen Grundstücksgrenze errichtet worden ist. Die Errichtung des Zauns wirkte unhöflich, da die besser aussehende Seite nicht den Nachbarn zugewandt war. Die Etikette beim Aufstellen eines Zauns schreibt vor, dass die besser aussehende Seite des Zauns den Nachbarn zugewandt sein sollte, als Zeichen der Höflichkeit und der Versöhnung.

Ein Nachbar verbrennt giftige Stoffe in einer Tonne unweit der Grundstücksgrenze. Die Polizei wird gerufen. Als Vergeltungsmaßnahme wird die Haustür des Anrufers stark beschädigt.

Es gibt einen Anwohner, der an seiner Grundstücksgrenze nichts Anstößiges tut, er ist lediglich still und feindselig. An einen Baumstamm in seiner Einfahrt ist ein Holzbrett angenagelt, mit dem Bild eines Gewehrs und der Aufschrift: *Wir rufen nicht die Polizei.*

Ein Anwohner hat die Grundstücksgrenze des Nachbarn falsch eingeschätzt, sie zu Fuß überschritten und eine Asiatische Lilie in die Erde gepflanzt, nicht weit weg vom Rand eines Bestandes von Schösslingen. Nachdem er auf die korrekte Grenzlinie hingewiesen wurde, entfernte er die Lilie, worauf sein Nachbar »Betreten verboten«-Schilder an einigen Bäumen vor seinem Grundstück befestigte.

# 5

Es kommt nicht oft vor, dass Nachbarn, die einmal zerstritten waren, einen Weg finden, ihre Beziehungen wieder zu verbessern, doch manchmal kommt es dazu.

Unsere Freunde, ein Stück weiter die Straße rauf, in der wir wohnen, kurz bevor man die Brücke über den Bach überquert, erzählen uns von ihren Nachbarn, die die Einfahrt mit ihnen teilen – man kommt zuerst am Haus der Nachbarn auf der linken Seite vorbei, und dann fährt man weiter bis zur Spitze des Hügels, wo zwischen zwei Teichen Howards und Gingers altes Bauernhaus liegt. Als sie vor zwanzig Jahren dorthin zogen, sagt Ginger, hatten sie und Howard zusammen sechs Kinder, und sie wollten mit ihren Kindern ungestört sein – zuvor hatten sie ein geselliges Leben in der benachbarten Stadt geführt, doch davon hatten sie genug gehabt. Sie wollten ihre Ruhe und nichts mit den Nachbarn zu tun haben.

Doch das kleine Mädchen, das in dem Haus am Ende der Auffahrt wohnte, hatte die Angewohnheit, den Hügel hinaufzukommen, und zwar mit ihrem Fahrrad, sie fuhr überall herum, sogar auf dem Tennisplatz – die Leute, die vorher hier gewohnt hatten, hatten sich daran nicht gestört. Ginger und Howard ließen die Nachbarn schnell wissen, dass ihnen dies nicht recht sei, und das war der Beginn der schlechten Beziehungen, sagte Ginger. Die schlechten Beziehungen hielten jahrelang an.

Die Lage besserte sich nicht, als sie ein Pferd für ihr jüngstes Kind, ein Mädchen, kauften. Das Pferd ging immer wieder durch. Sie beschlossen, es mit einem Elektrozaun zu probieren.

Sie verbrachten ganze Tage damit, den Zaun um die Weide

des Pferdes aufzustellen. Während dieser Zeit musste das Pferd in seinem Stall bleiben, und es wurde immer unruhiger. Es war ein kraftvolles, aktives Pferd. Es war einmal ein Rennpferd gewesen.

Als der Zaun endlich fertig war, ließen sie das Pferd hinaus auf die Weide. Es war so voller aufgestauter Energie und so begierig zu galoppieren, dass es geradewegs in den Zaun lief. Es bekam einen heftigen Schlag, und in seiner panischen Überraschung durchbrach es den Zaun und rannte hinunter zum Nachbargrundstück. Es galoppierte durch den Garten der Nachbarn und auf die Straße raus, zurück über das Nachbargrundstück, in den Wald und wieder hinaus, und war stundenlang draußen, bevor es zur Scheune zurückkehrte, hungrig und müde.

Die Nachbarn hatten einen Hund. Es war ein Boxer mit einem unverwechselbaren jaulenden Heulen. (Ginger ahmt das Heulen nach.) Sie hörten den Hund sehr oft, denn er war ein guter Wachhund und alarmierte seine Besitzer über menschliche Besucher, streunende Tiere, Gewitter, Regenfälle und andere wichtige Ereignisse.

Ein Jahr, nachdem das Pferd durchgegangen und wieder zurückgekehrt war, während noch immer böses Blut herrschte und die Nachbarn weiterhin nicht mit ihnen sprachen, erfuhren Ginger und Howard von einem gemeinsamen Bekannten, dass das Pferd während seines Galopps durch den Nachbarsgarten auf die Pfote des Hundes getreten war und sie ihm gebrochen hatte, und dass die Behandlung des Hundes sich auf 1400 Dollar belief. Ginger und Howard konnten das nicht glauben, zumal sie keinen Mucks von dem sonst so lauten Hund gehört und die Nachbarn nie ein Wort darüber verloren hatten. Die Nachbarn hatten ihnen nie eine Rechnung für die Behandlung des Hundes überreicht.

Doch jetzt hat sich endlich alles geändert. Howard wird sterben. Er geht immer noch spazieren, mit einer Gehhilfe, und sitzt auf seiner Veranda, und die meiste Zeit über ist er bei klarem Verstand. Er isst reichlich, doch es geht einfach durch ihn hindurch – er verdaut seine Nahrung nicht mehr. Er ist skelettartig dünn und schwächlich, und es bleiben ihm wahrscheinlich nicht mehr als sechs Monate zu leben. Morgens kommt eine Frau, die sich um ihn kümmert, doch Ginger muss zur Arbeit, und so ist Howard viele Stunden am Tag allein. Letztlich musste Ginger die Nachbarn um Hilfe bitten: Würden sie ab und zu nach ihm schauen, fragte sie widerwillig. Und das tun sie auch – sie gehen die Einfahrt rauf und schauen, ob er irgendetwas braucht, sie bringen ihm etwas zu essen, setzen sich zu ihm und reden mit ihm. Das schlechte Gefühl verschwindet nun ganz langsam.

## 6

Nachbarn zeigen mitunter enorme Liebenswürdigkeit.

Als der alte Johan nicht mehr ganz bei Verstand war, während seine Frau Grace nach wie vor intelligent und tüchtig war, kam Grace nicht zu ihrer Hausarbeit, weil Johan so gelangweilt und rastlos war. Er hatte nichts anderes zu tun als fernzusehen, und dessen war er häufig überdrüssig. Und so schaute die Nachbarin Gertie mit kleinen Aufgaben für ihn vorbei. Eine seiner Lieblingsbeschäftigungen war es, haufenweise Pennies zu zählen und sie in das von der Bank bereitgestellte Rollenpapier einzuschlagen. Wenn Johan all das Rollenpapier aufgebraucht hatte, kam Gertie und holte die Münzrollen ab. Manchmal hatte sie keine Pennies mehr für ihn zum Einrollen. Zu Hause öffnete sie dann manchmal heimlich die

Papierrollen, schüttete die Pfennige aus und brachte sie ihm mit neuem Rollenpapier zum Abzählen zurück.

## 7

Meine Bekannten Jack und Cindy haben auch einen hilfsbereiten Nachbarn. Als ich sie eines Tages besuchte, dachten sie, sie hätten für immer ihren Sittich verloren. Der Sittich saß immer in dem Zimmer, das Jack mit dem Vogel teilte, und er hörte Jack zu, wenn er auf der Schnabelflöte übte, sang und zwitscherte pausenlos, solange Jacks Musik erklang, war aber ansonsten nicht dressiert und nach Jacks Meinung auch nicht dressierbar. Jack schien den Vogel nicht übermäßig zu mögen. Doch an diesem Tag, als der Vogel scheinbar verschwunden war, suchte Jack am hektischsten und entschiedensten von uns allen. Schließlich hatten wir uns geschlagen gegeben und standen matt und reglos in dem Zimmer, in dem er und der Vogel die meiste Zeit verbrachten. Als wir ganz still wurden, hörten wir ein zartes kratzendes und schabendes Geräusch. War der Vogel irgendwie hinter die Wand gelangt? Das wäre ein riesiges Problem. Doch nein, der Vogel war hinter eine Reihe von Büchern in einem Bücherregal gefallen und konnte seine Flügel nicht weit genug aufspannen, um nach oben und draußen zu fliegen. Der Vogel wurde gefunden und gerettet. Jack schimpfte mit ihm und tadelte ihn für seine Dummheit und dafür, dass Jack sich Sorgen machen musste.
Dann erzählten mir Jack und Cindy von ihrem Nachbarn und dem Vogel. Sie verstanden sich gut mit ihrem Nachbarn, das war schon immer so gewesen. Der Nachbar kümmerte sich für sie um alles, wenn sie nicht da waren – um ihr Haus, ihren Garten und das kleine Gästehaus, das Jack gebaut hat-

te. Der Nachbar kümmerte sich auch um den Sittich, wenn sie für mehr als einen Tag verreist waren. Der Mann war ein ruhiger Rentner mit viel Zeit, und so kam er dann immer vorbei, um das Futter und das Wasser des Vogels aufzufüllen und den Boden des Käfigs zu reinigen. Dann setzte er sich hin und machte es sich auf dem Sofa in dem kleinen Zimmer bequem, nahm seine Zeitung zur Hand und las dem Vogel laut daraus vor, meistens aus dem Sportteil.

## 8

Letztes Jahr besuchte ich Freunde, die an einem Hang in Vermont leben. Der Apfelbauer, dem das Land hinter ihnen und auf der anderen Seite ihres Grundstücks gehörte, besaß weitläufige Obstgärten und Wälder sowie einige Haine auf seinem eigenen Grundstück. Dieses Land bestand aus sanften Hügeln und Feldern, die hinter dem Haus meiner Freunde abfielen und sich weiter und weiter erstreckten, so weit das Auge reichte (dachte ich zumindest). Die Obsthaine befanden sich auf einer entfernten Hügelkuppe.
Als ich bei meinen Freunden saß und die Aussicht bewunderte, erzählten sie mir eine Geschichte. Sie erzählten mir, wie ihnen eines Tages, als sie noch nicht lange dort gewohnt hatten, ihr Nachbar, der Apfelbauer, einen Besuch abstattete. Sie saßen mit ihm draußen auf der kleinen, mit Steinen gepflasterten Terrasse hinter dem Haus, wo wir gerade saßen, abseits der Straße. Wahrscheinlich hatten sie ein Weinglas in den Händen, denn, wie ich wusste, tranken sie gerne ein Glas Wein, auch wenn sie die Flasche nie so früh hervorholten, wie ich es immer gern tat. Sie erzählten mir, dass sie sich mit ihrem Nachbarn unterhielten und auf den Teil der Landschaft

hinausblickten, der durch die Bäume sichtbar war. Der Blick auf die fernen sanften Hügel – die Hügel, die, wie ich dachte, unendlich ruhig dahinwogen – wurde von der Gruppe Ahornbäume und Eichen verdeckt, die, ganz nahe vor ihren Augen, jenseits der Grundstücksgrenze auf dem Land des Bauern hoch aufragte. Nach einer Weile sagte der Apfelbauer: »Ihre Aussicht wäre ohne diese Bäume viel besser.« Meine Freunde, die beide sehr ruhige Menschen und in Gesellschaft in der Lage sind, ganz still zu sitzen und minutenlang kein Wort zu sagen, was mich manchmal irritiert, erwiderten zweifellos nichts dagegen, und das Gespräch driftete ab zu anderen Dingen. Doch am nächsten Morgen, als meine Freunde aufwachten, waren Männer hinter dem Haus zu sehen, gleich hinter der Grundstücksgrenze. Sie waren dabei, die Bäume zu fällen. Sie sägten sie alle ab. Als sie fertig waren, war der weite Blick auf die sanften, dahinwogenden Hügel frei geworden. Die Aussicht war wirklich viel besser.

## 9

Als ich in der Stadt lebte, in einem der vielen Mehrfamilienhäuser, in denen ich wohnte, hatte ich Nachbarn, denen ich nie begegnet war. Sie waren ein älteres Ehepaar, zumindest kam mir das so vor, weil ich sehr jung war. Wir hatten nie miteinander gesprochen, obwohl sich ihre Wohnungstür direkt neben meiner am Ende des Flurs befand. Ich nehme an, wir sind einfach nie zur gleichen Zeit raus- oder reingegangen, so seltsam das auch erscheinen mag. Dann, eines Tages, kam der Lieferjunge von der Reinigungsfirma mit einer Lieferung für sie, als ich zu Hause war, sie aber nicht. Ich öffnete meine Wohnungstür, als es klopfte und klingelte, und nahm die Bügel mit der in Plastik verpackten Kleidung für die beiden an. Das war zu jener Zeit, als die Menschen noch vertrauensvoller waren als heute. Später habe ich bei meinen Nachbarn geklingelt und ihnen die Lieferung gebracht. Sie waren überrascht und herzlich. Sie dankten mir, wenn auch zögerlich. Aber ich bin ihnen nie wieder begegnet.

## 10

Gegenüber von mir, im obersten Stockwerk eines anderen Gebäudes in der Stadt, wo ich ein paar Jahre später wohnte, lebte meine Nachbarin Miss McAdams. Sie lebte allein mit ihrem grauen Pudel. Der Pudel war ein lautes Tier, das ständig um die Ecke der Terrasse lief und mich anbellte. Miss McAdams liebte ihren Hund über alles. Wenn wir zusammen im Aufzug hoch und runter fuhren, sprach sie mit dem Hund statt mit mir, oder vielleicht konnte sie mit mir auch nur dann sprechen, wenn sie dabei mit dem Hund sprach.

Abgesehen davon hatte ich nicht viel mit Miss McAdams zu tun. Einmal war ein französischer Freund von mir zu Besuch und langweilte sich und ging auf die andere Seite des Flurs, weil bei Miss McAdams eine Party stattfand. Es war eine laute Party von Leuten, die hauptsächlich aussahen wie Büroangestellte mittleren Alters. Ich blieb zu Hause. Mein französischer Freund betrank sich und versuchte, dort eine ältere Frau abzuschleppen. Er wurde aus der Wohnung geworfen und vor Miss McAdams' Tür gesetzt und fiel betrunken und wütend bei mir zur Tür rein. Doch Miss McAdams hat mir dies nicht übel genommen.

An einem anderen Abend klopfte sie an meine Wohnungstür. Sie weinte. Es stimmte etwas nicht mit ihrem Hund. Er konnte nicht auf ihr Bett hochspringen. Er fiel ständig von den Möbeln herunter. Seine Hinterbeine waren gelähmt, und er schleifte sie über den Boden hinter sich her. Ich blieb bei Miss McAdams sitzen, während sie auf ihren Bruder wartete, der sie zum Tierarzt in die Stadt fahren sollte. Wir tranken etwas zusammen. Das war das einzige Mal, dass ich ihre Wohnung von innen gesehen habe.

Danach musste der Hund jeden Tag aus dem Haus getragen werden, um sein Geschäft zu machen. Er wurde schwächer und schwächer. Schließlich brachte Miss McAdams ihn zum Tierarzt in der Stadt, der ihn einschläferte. In dieser Nacht konnte ich sie durch die Wände hören. Sie trank mit einer Freundin und weinte. Ab und zu sagte sie laut: »Ich bin ein Feigling, ich bin einfach nur ein Feigling.«

Einige Zeit danach starb eine alte Frau in dem Haus. Sie hatte einen kleinen freundlichen schwarzen Hund namens Bonnie, der weggegeben werden musste. Der Hund wurde zu Miss McAdams gebracht, und sie nahm ihn auf, obwohl sie gesagt hatte, sie wolle nie wieder einen Hund haben. Jeden Tag zur selben Uhrzeit, wenn sie von der Arbeit nach Hause kam, konnte ich seine Zehennägel klackern hören, wenn er den Flur auf und ab lief und darauf wartete, dass sie mit ihm rausging. Sie schien den Hund zu mögen, doch im Aufzug sprach sie jetzt mit mir, nicht mehr mit dem Hund.

## 11

Im selben Herbst erkrankte ein Junge in unserem Haus schwer an Leukämie, obwohl er noch zur Schule ging. Er war ein fröhlicher, pummeliger kleiner Junge, und auch sein älterer Bruder war fröhlich und pummelig. Ich sah sie manchmal im Park auf der anderen Straßenseite spielen. Ihr Vater war Professor an einer Universität in der Nähe. Eines Tages im November war der Junge zu schwach, um allein aus dem Schulbus auszusteigen. Der Fahrer kam ins Haus und rief die Mutter des Jungen über die Gegensprechanlage. Ich war mit ihr im Aufzug, als sie in die Lobby runterfuhr. Sie schien nicht zu wissen, dass ich anwesend war, und fing an, mit den Fäusten auf die Türen einzuschlagen, weil der Aufzug so langsam fuhr. Sie hörte auf, gegen die Tür zu hämmern, schüttelte ihre Fäuste durch die Luft, bevor sie weiterhämmerte. Als sich die Türen öffneten, rannte sie raus und sah erbost aus.

Kurz vor Weihnachten ging ich zu einer Party von einem Ehepaar, das in dem Haus wohnte – ein alter russischer Arzt und seine Frau. Dieser Arzt war in seiner Jugend einmal eine Meile zu Fuß durch den russischen Winter gelaufen, um das Baby einer jungen Dichterin zu entbinden. Als er ihr Haus erreichte, fand er sie im Bett auf schmutzigen Laken liegend und rauchend. Später wurde sie sehr berühmt. Ihr Baby wuchs zu einem jungen Mann heran und wurde dann im Zweiten Weltkrieg getötet. Ich hörte diese Geschichte auf der Party, und dann, kurz bevor die Party zu Ende war, erzählte mir jemand, dass der kleine leukämiekranke Junge gestorben war. Einige Tage nach der Party sah ich den Vater des Jungen, einen großen, unbeholfenen Mann mit einer Aktentasche, der in der Eingangshalle stand, sich mit ein paar Nachbarn unterhielt und weinte.

## Gespräch vor Abendessen

Ehemann steht in Speisekammer und wählt Wein aus.
Ehefrau steht neben Pfanne mit brutzelndem Fleisch.
M: [Murmel, murmel].
F (*mit Singsangstimme*): Konnte dich nicht hören …
M: [Murmel, murmel].
F (*mit derselben Singsangstimme*): Konnte dich immer noch nicht hören …
M (*kommt mit Weinflasche aus Speisekammer*): Was hast du gesagt?
F: Ich hab' gesagt, dass ich dich nicht hören konnte …
M (*unterbricht*): Willst du mir wieder sagen, was ich zu tun hab'?
F (*überrascht*): Was?
M: Willst du mir ein schlechtes Gewissen machen, weil ich Wein trinke?
F (*unschuldig*): Nein! Ich wollte dir nur sagen, dass ich nicht hören konnte, was du gesagt hast.
M: Ah.
F: Was hast du gesagt?
M: Ich weiß es nicht mehr.

## Vater betritt das Wasser

Als er lebte, ging er langsam ins Wasser, bis er zur Hüfte darin stand, und so blieb er eine Weile lang stehen, die Arme zur Seite ausgestreckt, mit den Fingern das Wasser betastend, den Blick auf den Horizont gerichtet. Dann, endlich, stürzte er sich mit einem großen Platschen nach vorne.

Wir warten. Er steht bei uns im Wasser, den Rücken zu uns gedreht, ein wenig gekrümmt.
Seine blassen, sommersprossigen Arme sind seitlich ausgestreckt, seine Hände gerade übers Wasser gehalten.
Dann nimmt er die Hände zusammen und taucht ab. Wir treten zurück.

Als er tot war, war es anders: Er durchbricht das Wasser mit kaum einer Welle oder einem Laut, und es schließt sich leise über ihm.

## Geplagter Gelehrter im Zug

Ach, kannst du nicht leiser sein, bitte! Ich versuche gerade, ein paar Geschichten auf Armagnac zu lesen. Armagnac ist ein Dialekt des Okzitanischen, der mir noch nie begegnet ist, und es ist nicht einfach! Es ist sehr schwierig, einige der Geschichten zu entschlüsseln, und andere verstehe ich überhaupt nicht, obwohl ich Französisch spreche!
Aber das ist kein Französisch! Lass mich das erklären: Okzitanisch ist eine alte Sprache, die aus dem Süden und Südwesten Frankreichs stammt und die man sogar bis über die Grenze, also bis über die Pyrenäen, in Spanien spricht. Und innerhalb des Okzitanischen, das bis heute noch von etwa 15 Millionen Menschen in Frankreich gesprochen wird, gibt es vier Hauptdialekte: Provenzalisch, Nordprovenzalisch, Limousinisch und Gascognisch, da die Gascogne in der südwestlichen Ecke Frankreichs liegt. Dies ist also nicht Französisch, sondern der gascognische Dialekt des Okzitanischen, aber dazu kommt, dass diese Geschichten, die ich lese, oder versuche zu lesen, wenn du nur ein bisschen leiser wärst, in einer besonderen Variante des Dialekts der Gascogne verfasst sind, und das ist das *Patois* von Auch. Ich kann *Patois* nicht so einfach für dich definieren, vor allem, wenn du mich unterbrichst, deshalb lass mich nur sagen, dass es sich um eine noch lokalere Art der Sprache handelt, es ist die Art und Weise, wie eine Person aus der Provinz in einem sehr kleinen Teil einer ländlichen Region Frankreichs spricht. Im Übrigen ist – wie ich kürzlich gelernt habe – der Begriff *Patois* abwertend gemeint und wird eher von Leuten verwendet, die die Sprache, über die sie sprechen, verachten.

Was Auch betrifft, Auch ist eine Stadt genau in der Mitte von Armagnac. Und mit Armagnac meine ich das Gebiet, auf das der Name Armagnac unter der alten Monarchie ausgedehnt wurde, und das mehr oder weniger dem gesamten *Département* von Gers entspricht. Die Einwohner von Gers werden Gersois genannt, ein Wort, das sehr schwer auszusprechen ist (das erste *S* ist stimmlos, das zweite wird nicht mitgesprochen). Gers ist benannt nach dem Fluss Gers, der 111 Meilen lang ist, in den Pyrenäen entspringt und nicht nur allgemein bergab fließt, wie jedes fließende Gewässer, sondern gleichzeitig auch nach Norden fließt – was du dir vermutlich als *oben* vorstellst –, und er durchquert dabei insgesamt drei *Départements,* bevor er in die Garonne mündet.
Diese Geschichten wirken auf mich sehr lebendig und charmant, wenn es mir denn einmal gelingt herauszufinden, was in ihnen vorgeht – manche haben mit Geistern und Friedhöfen und Schweinen und Priestern zu tun. Dir würden sie vielleicht auch gefallen, wenn du nicht ständig so laut neben mir plappern würdest. Aber was das Lesen noch zusätzlich verkompliziert, ist die Tatsache, dass sie nicht von einem einzigen gebildeten Menschen geschrieben wurden, sondern Volksmärchen sind, die mündlich rezitiert und während dieses Erzählens niedergeschrieben wurden. Und diese Niederschriften wurden nicht erst kürzlich, sondern Mitte des neunzehnten Jahrhunderts angefertigt. Außerdem wurden die Geschichten phonetisch transkribiert, also so, wie sie für die Person, die sie niederschrieb, geklungen haben, sodass diese Person die Wörter der Geschichten so buchstabiert hat, wie es ihr gefiel. Einige von ihnen kann ich nicht einmal irgendwo nachschlagen. Es gibt kein Wörterbuch für sie.
Obendrein ist das Buch, das ich besitze, ein Faksimile der alten Ausgabe von 1867. Die Schrift ist stellenweise blass, und

von einigen Buchstaben fehlen ganze Teile. Der Verlag dieser Ausgabe entschuldigt sich mit den Worten: »Der Leser möge bitte den leichten Mangel an Lesbarkeit einerseits und andererseits die Unvollkommenheiten, die durch die Schäden der vergangenen Jahrzehnte entstanden sind, entschuldigen; in Anbetracht des Gedenkens an die Autoren und der Qualität des Werkes schien es aber angebracht, es mit all seinen ursprünglichen Eigenschaften zu reproduzieren.«
Also bitte!

## Begegnungen in einer Landschaft

Eine Frau mit Gleitsichtbrille, der ein Zahn fehlte,
fragte nach dem Weg
bei einer Frau mit Sonnenbrille, der drei Zähne fehlten,
an einem wolkigen Tag.

## Verrat (Müde Version)

Manchmal ist das, wonach ich mich am meisten sehne, eigentlich nur, in Ruhe gelassen zu werden. Liegt der Grund darin, dass ich so unendlich müde bin? Meine Vorstellung von einer Beziehung zu einem anderen Mann, einem anderen Mann als meinem Ehepartner, sieht dann so aus, dass ich einfach meine Ruhe habe. Mein Liebhaber, der manchmal gesichtslos ist, wenn ich noch nicht weiß, wer er ist, kommt an meine Tür, und ich sage ihm, dass er mich allein lassen soll – Geh weg. Ich muss nicht einmal höflich sein. *Hau ab.* Dann kann ich allein bleiben. Ich kann mich ausruhen. Aber natürlich ist es ein wichtiger Teil der Vorstellung, dass er mit mir zusammen sein will und mich aufsucht.

Ich frage mich schließlich, Wie kann ich von etwas Lebhafterem träumen, wenn ich so unendlich müde bin? Wenn ich so müde bin, schaffe ich nicht einmal, mir vorzustellen, in Gesellschaft zu sein, noch nicht einmal, neben jemandem auf dem Sofa zu sitzen. Also sage ich:

Manchmal ist es mein größter Wunsch, ganz allein zu sein. Ein Liebhaber kommt an meine Tür, und ich weise ihn ab. Geh. Ich muss nicht einmal höflich sein.

Doch weil es mir in meiner Vorstellung immer noch falsch erscheint, eine Beziehung mit einem anderen Mann zu haben, die vor meinem Ehepartner verheimlicht wird, auch wenn es in der Fantasie darum geht, dem Liebhaber zu sagen, dass er verschwinden soll, fühlt sich die Fantasie selbst immer noch wie ein Verrat an.

## Ende von Telefongespräch mit Verizon-Kundencenter

Ich sage: »Ich glaube, ich sollte mir besser Ihren Namen notieren.«
Sie sagt: »Der Name ist Shelley … wie in Byron, Keats und Shelley.«
»Ha! … Freut mich, dass Sie die auch mögen!«, sage ich.
»Oh, ja«, sagt Shelley.
»Ich wünschte, mein Name wäre Keats«, füge ich hinzu, »aber leider ist er das nicht …«
»Das wünsche ich mir auch!«, sagt sie. »Danke, dass Sie sich für Verizon Wireless entschieden haben.«

## Eine Erläuterung zur Teppichstory

Nur damit die Situation klar ist:
Es gibt zwei Paare, die Nachbarn sind.
Die Frau des einen Paares heißt Davis, und der Mann des anderen Paares heißt Davis.
Sie sind nicht blutsverwandt oder verheiratet.
Sie sind die beiden Unentschlossenen in Bezug auf den Teppich (und nicht nur den Teppich).
Ihre Ehepartner sind in dieser speziellen Situation nur Randerscheinungen ohne feste Meinungen über den Teppich.
(Auch wenn nicht klar ist, warum.)
Die Frau des Mannes namens Davis taucht in der Szene nur in der Einfahrt auf, nicht auf dem Postamt.
Der Ehemann von der Frau namens Davis taucht nur einmal auf, als seine Bemerkung über den Teppich erwähnt wird.

## Eine Ameise

Das nennst du Gesellschaft? … Es ist nicht größer als ein Pünktchen.
Das stimmt nicht ganz – mehrere Pünktchen. Und es bewegt sich. Es wedelt mit den Fühlern, es scheint zu denken.

Sie sprechen von einem Insekt, einer Ameise.

Sie beobachtet die Ameisen, wenn sie auf den Tresen kommen. Sie knabbern an den kleinen Flecken, die sie hinterlassen hat. Oder sie krabbeln auf ein Stückchen Apfel. Sie gehen mal in die eine Richtung und dann in die andere, und dann ändern sie ihre Meinung. Sie halten sich fest, wenn sie sie anpustet. Manchmal schauen sie aus, als würden sie erschrocken davonlaufen. Sie versammeln sich und trinken an einem Wassertropfen.

Sie hat begriffen, dass sie eine Art von Gesellschaft sind. Das hat sie ihm gesagt.
Die Frage ist also, ob etwas, das nur so groß ist wie die abgebrochene Spitze eines Bleistifts, als Gesellschaft bezeichnet werden kann.

Wenn es nur eine gibt, sagt sie, kann es den Anschein von Gesellschaft haben. Wenn sie sich aber (wie eine Konstellation) über die Wand über dem Waschbecken verteilen, wirken sie nicht so sehr wie Gesellschaft. Sie haben einander.
Besonders, wenn sie in Frieden gelassen wird, wenn sie ruhig ist, dann ist eine Ameise eine angenehme Gesellschaft.

Aber wenn du meinst, du kannst sie Gesellschaft nennen,

kannst du sie dann auch als Gesellschafterin bezeichnen, als Kameradin?
Das ist etwas schwieriger.

Trotzdem war da noch die Geschichte, die Fritz und Hildegard uns erzählt haben:
Vor Jahren einmal, zur Weihnachtszeit, während des Krieges, bevor sie nach Amerika kamen, hatten sie nicht viel zu essen. Sie mussten die meiste Zeit über in ihrer Wohnung bleiben. Sie hatten noch keine Kinder. Sie fühlten sich ängstlich und einsam. Bei jeder Mahlzeit, wenn sie sich zum Essen hinsetzten, schwirrte eine Fliege herum und landete hier und dort auf dem Essen. Sie gewöhnten sich an die Fliege. Mit der Zeit wurde sie zu einer Art Kameradin. Sie legten ihr immer etwas Essen auf ihren eigenen Teller.
Und dann, am ersten Weihnachtstag, fanden sie die Fliege tot auf dem Tisch. Sie waren erschüttert. Sie weinte. Oder genauer, sie weinten beide.

Aber Jahre später – erinnerst du dich? – trafen wir ihren Sohn unten bei den Colmans', und als wir ihn an diese Geschichte erinnerten, zog er ein Gesicht. Erinnerst du dich? Er zuckte mit den Schultern und sagte, dass es vielleicht nicht die Wahrheit sei.
Ich wusste nie genau, was er meinte. Dass seine Eltern es sich ausgedacht hatten? Dass seine Mutter glaubte, sie erinnere sich und sein Vater ihr zustimmte?
Das war der Sohn mit der Zuñi-Frau. Wir mochten sie lieber als ihn.
Ja. Aber sie war keine Zuñi, sie war eine Tewa.
Wie auch immer, es war eine gute Geschichte. Sie hätte wahr sein können.

Erinnerst du dich, dass du dachtest, sie würden dir ihre dreißig Hektar Wald überlassen? Nur weil sie keinen Kontakt mit ihren Kindern hatten?
Ja, aber sie haben uns schon gemocht. Und wir haben ihnen einmal bei ihrer Ernte geholfen, erinnerst du dich? Damals waren sie schon so alt. Sie hatten Panik wegen des Gemüses. Wir sind alle rübergegangen und haben ihnen geholfen, ihr Gemüse zu ernten. Es war mein Geburtstag – deshalb waren beide Kinder zu Hause.
Wir haben nicht geerntet, wir haben Unkraut gejätet.
Vielleicht hast du recht – sie sind nicht fertiggeworden mit dem Unkraut.
Du malst dir immer aus, dass die Leute dir ihr Geld oder ihren Besitz überlassen – Leute, die du überhaupt nicht richtig kennst.
Nur viermal.
Und hat dir irgendjemand von ihnen jemals was hinterlassen?
Eine von ihnen ist noch nicht sehr lange tot, nur ein paar Wochen ist es her. Sie haben ihr Testament noch nicht verlesen.

## Gramsci

•••••••

Eine Freundin spricht mit ihr am Telefon über den Pessimismus des Verstandes und den Optimismus des Willens. Sie denken beide, dass es, aufgrund dessen, was sie über die Feiertage gelesen hat, dies sein könnte, was sie jetzt in sich trägt. Während sie miteinander sprechen, schreibt sie auf einen Notizblock »Gramsci«.

Nachdem sie aufgelegt hat, kommt er, wirft einen misstrauischen Blick auf den Block und liest das Wort. Er befürchtet, dass ihre Freundin eine teure Kleiderkollektion empfohlen hat.

»Was ist Gramsci?«, fragt er. »Ein Designer?«

»Nein.« Sie will ihn schockieren: »Ein italienischer Marxist.«

Sie benutzen das Wort *Marxist* nicht oft in ihrem Haus.

Er geht weg, doch an seinem Gesichtsausdruck kann sie erkennen, dass ihn das nicht überzeugt hat.

## Sorry für die Störung

Hat jemand Erfahrung mit dem Ausbessern von Porzellanoberflächen?

Hat jemand Interesse an eingesacktem Laub aus dem letzten Winter?

Ich wäre dankbar, wenn mir jemand einen guten Zahnarzt und/oder Parodontologen in der Gegend empfehlen könnte. Danke!

Kann mir jemand eine Dermatologin in der Nähe empfehlen?

Könnte mir jemand einen Chiropraktiker in der Gegend empfehlen?

Sorry für die Störung, aber einige von uns sind in einem heißen Wohnheim untergebracht und würden gerne Ventilatoren ausleihen, am liebsten schwenkbare.

Hat jemand Lust, sich die HD-Aufzeichnung von »Die lustige Witwe« mit Renée Fleming anzuschauen?

Nach dem gestrigen Treffen wurde ein Regenschirm zurückgelassen. Er wird am Informationsschalter aufbewahrt.

Möchte jemand dieses Babybett?

Sorry für die Störung, aber ich brauche 6–8 große Umzugskartons.

Kajak zu verkaufen. Bei Interesse bitte Betty anrufen.

Zuverlässiger iMac zu haben. Er funktioniert einwandfrei. Artikel schreiben sich fast wie von selbst.

Kennt jemand eine regionale Molkerei?

Wenn Sie Eintrittskarten für »Oklahoma« haben, die Sie nicht brauchen, würde ich gerne welche kaufen.

Hat jemand gute Erfahrungen mit einer Firma gemacht, die beim Be- und Entladen eines Lastwagens helfen kann?

Diese Staffelei (siehe unten) ist voll verstellbar. Sie kann waagerecht für Aquarellarbeiten verwendet werden und lässt sich für Pastellbilder nach vorne kippen.

Zu der Couch gehören zwei passende braune Kissen, und sie ist ziemlich niedrig. Habt ein schönes Feiertagswochenende!

Vielen Dank an alle, die interessiert waren, aber das Bücherregal ist verkauft.

Die Schweinekämme sind vergeben. Danke euch!

Ich brauche einen stabilen Stuhl für eine Hochzeit am 23. Juli, einen, der eine hochschwangere Braut beim Hora-Tanzen halten kann. Hat jemand so einen Stuhl, den man für diesen Anlass ausleihen könnte?

Wir suchen eine ältere weibliche Betreuungsperson. Muss ein Auto haben.

Kostenloser Hahn. Eine Überraschung in unserer neuen Hühnerschar, er ist ungefähr drei Monate alt.

Sorry für die Störung. Braucht jemand braune Klappordner?

Nabend. Ich werde Anfang August nicht in der Stadt sein, und meine Schildkröte möchte jemanden bezahlen, der oder die 3–4 Mal vorbeikommt, um ihr etwas Salat zu bringen. Bitte kontaktiert mich statt sie, wenn ihr jemanden kennt, der oder die Interesse haben könnte.

Kammerjäger gesucht, insbesondere mit Spezialgebiet Bettwanzen. Wir sitzen in Italien fest, und die Angelegenheit ist sehr dringend.

Sorry für die Störung. Die Ordner wurden abgeholt.

Hallo. Ich arbeite an einem neuen großen Foto und suche dafür kleine Rosen aus dem Garten. Ich hoffe auch auf ein paar Quitten!

Wir hätten gerne Hilfe beim Entladen eines Lastwagens für unser neues Haus.

Malerteam im August gesucht, das mir beim Beizen meines Blockhauses helfen kann.

Sorry für die Störung – wir haben ein paar Dinge zu verkaufen, unter anderem: einen Schreibtisch mit Glasplatte, ein Hantelset und das Brettspiel »Founding Fathers«.

Hat jemand einen britisch-amerikanischen Steckeradapter zu verleihen oder zu verkaufen? Das Gerät ist britisch, die Steckdose amerikanisch.

Unsere drei internationalen Gastwissenschaftler haben Pakete, die scheinbar verloren gegangen sind.

Wir sind auf der Suche nach mindestens 40 gut erhaltenen 3-Ring-Ordnern für unsere neuen Studierenden. Wir würden ½ bis 2 Zoll bevorzugen, aber wir sind offen für alles, was ihr vielleicht entbehren könnt.

Zwei Musikerinnen möchten eine hundefreundliche Wohnung untervermieten.

Wir sind auf der Suche nach einem kleinen Paket, das wohl verloren gegangen ist. Versteckt es sich in einer staubigen Ecke eurer Büros?

Sorry für die Störung, aber ich und der Professor haben Borretsch zu viel. Irgendwelche Vorschläge?

Wir suchen immer noch ein kleines Päckchen, adressiert an Lourdes.

Ich danke euch allen für eure Beiträge zu dem Gastroenterologen.

Wir vermissen ein Paket, das an die Archivarin geschickt wurde. Es enthält ein Foto von der South H. Drinking Society Farewell Party. (Francis ist der mit der Uhr und der Pfeife.)

Wir haben ein Paar zusätzliche Karten für »Love Is Crazy« am Samstag. Nur zusammen zu verkaufen.

Suchen einen Ort zum Wohnen, z. B. eine Hütte hinter irgendwas Großem.

Ich würde gerne mit meinen Studierenden Walnusstinte herstellen. Hat jemand einen Walnussbaum und wäre bereit, sich von seinen Nüssen zu trennen?

Ich hoffe, dass ich jemanden finde, der Erfahrung mit Make-up für eine Hochzeit im Oktober hat. Es sollen insgesamt 4 junge Frauen geschminkt werden.

Suche Schornsteinmetz für vernachlässigten Schornstein in altem Haus.

Gastwissenschaftlerin aus Ungarn sucht Unterkunft, die schlicht und sauber ist.

Gesucht: Gummi-Enten. Werde sie abholen.

Suche eine Wohnung, die irgendwo an einem Bach liegt. Unannehmlichkeiten machen mir nichts aus.

Liebe Kolleginnen und Kollegen, der Taschenrechner meiner Tochter ist hinüber.

Ich habe eine Kiste mit Tintenpatronen, die ein neues Zuhause suchen – gratis.

Möchte jemand einen Dachgepäckträger loswerden?

Hat jemand gebrauchte Aktenordner?

Auf der Suche nach Person in der Nähe, die schwere Gegenstände heben kann.

Ich habe zwei weitere Karten für »Love Is Crazy«.

Nüsse gefunden.

Irgendwelche Tipps zu jemandem, der eine kaputte Wasserpumpe reparieren kann?

Suche zwei starke und vorsichtige Personen, die einige große Möbelstücke zwischen verschiedenen Orten transportieren können.

Wir sind zwei Sprachlehrer, die zu einer Show gehen wollen.

Wenn jemand einen Hahn vermisst, bitte Marie anrufen.

Kann jemand einen ehrlichen Briefmarkenhändler empfehlen?

Wir suchen einen guten und günstigen Klavierstimmer vor Ort für ein sehr altes deutsches Klavier.

Wir sind auf der Suche nach einer Reiseversion von Go.

Wir sind auf der Suche nach Eierkartons, die nicht mehr gebraucht werden.

Respektabler Squash- und Tennisspieler sucht Partner.

Ich bin Pianistin und suche eine Geigerin zum Spielen der Kreutzer-Sonate.

Hat jemand diese Brille verloren? Ich habe diese Brille gefunden (siehe Bild unten). Wenn Sie dies lesen können, kommen Sie bitte vorbei, um sie abzuholen.

Sorry für die Störung. Wir haben eine große Auswahl an Umzugskartons, Packpapier, Luftpolsterfolie und so weiter – für alle Interessierten.

Eierkartons gefunden! Danke an alle, die geantwortet haben!

Hat jemand eine Bratsche, die ich dieses Wochenende ausleihen oder mieten könnte? Sie wird für Fiddle-Musik verwendet, nicht für klassische Musik.

Teleskop verkauft.

Sorry für die Störung. Wir ziehen um und brauchen Kartons zum Packen. Bitte lasst mich wissen, ob ihr welche entbehren könnt. Danke.

Wollen Sie mir Ihr Auto verkaufen? Etwas mit ein wenig Pep bevorzugt.

Die iMac-Tastatur meines Sohnes tippt den Buchstaben »O« nicht mehr. Hat jemand eine alte iMac-Tastatur herumliegen, die nicht gebraucht wird?

Meiner Tochter ist kürzlich ihr (fast ein Jahr altes) iPhone 5c runtergefallen, und das Display ist stark gesprungen. Wir haben versucht, das Display zu ersetzen, aber das hat noch mehr Probleme verursacht. Jetzt suchen wir ein gebrauchtes iPhone, auf das wir ihre Daten übertragen können.

Meinem Sohn ist sein Handy runtergefallen (oder besser gesagt, er hat es runtergeworfen), und es funktioniert nicht mehr. Hat jemand ein gebrauchtes, funktionierendes Verizon-Handy zu verkaufen?

Ich will meinen Subaru Impreza Outback Sport verkaufen, insgesamt guter Zustand, außer einigen Spuren von Kiefernharz.

Kann jemand einen kompetenten Baumpfleger empfehlen? Ein großer Ast ist gerade von meinem großen Vorgartenbaum abgebrochen und blockiert den Verkehr auf der Straße.

Ich suche nach jemandem, der Litauisch spricht und mir bei der Übersetzung einiger Dokumente behilflich sein kann.

Wir ertrinken immer noch in Umzugskartons – wenn Ihr welche sucht, beste Qualität, beliebige Größe, meldet Euch bitte bei uns.

Neu gegründeter Road Runners Club sucht nach weiteren Mitgliedern. Wir treffen uns jeden Donnerstag am Wasserturm und laufen um 19 Uhr los.

Gusseiserner Wok. So gut wie neu.

Dicker kuscheliger orangeroter Teppich zu verkaufen, toller Zustand, Tochter hat ihn satt. Siehe beigefügtes Foto.

Gusseiserner Wok verkauft.

Würde gerne einige Möbel verkaufen! Siehe Bilder unten. Aus Nichtraucherhaushalt mit einer Katze.

Ulster Ballet Company veranstaltet diesen Mittwoch die Benefizveranstaltung »Sip and Paint« in Christina's Restaurant. Malen Sie bei einem Gläschen Wein oder Limo, ganz wie Sie mögen.

Akkordeonspieler gesucht. Bitte Marie kontaktieren.

Hallo, ich habe einen Schimmelpilzbefall auf meinem Dachboden und bin auf der Suche nach einem Schimmelentfernungsspezialisten.

Kann jemand eine Zahnarztpraxis in der Gegend empfehlen?

Französischlehrerin braucht Mitfahrgelegenheit nach Boston, um einen Freund zu besuchen. Zahle für Benzin und bringe Plätzchen und französische Musik mit.

Vielen Dank für all die Zahnarztempfehlungen.

Ich habe einen ziemlich großen australischen Baumfarn. Mein Haus hat nicht genug Licht, um ihn überwintern zu lassen. Gibt's irgendjemanden mit genügend Platz und warmem Licht?

Alle Hängeordner sind schon vergeben.

Ich biete einen alten Diaprojektor von Revere und 6 Schachteln mit Diafächern, funktioniert noch!

Irgendwelche Vorschläge für einen guten Fensterputzer?

Zu verkaufen: Unidirektionales dynamisches Tauchspulenmikrofon von Audio-Technica im Originalkarton, plus Ständer.

Mein Sohn braucht ein Klavier. Hat jemand ein Klavier, das gestimmt ist und nicht gespielt wird?

Meine Tochter hat vor Kurzem mit Geigenunterricht angefangen und braucht einen Bogen in halber Größe. Sie wächst wie Unkraut, und ich weiß, dass sie bald einen ¾-Bogen braucht. Sie ist ein süßes, verantwortungsvolles Mädchen.

Hat jemand einen alten roten Trenchcoat, den er oder sie gerne loswerden will? Meine Nichte ist auf der Suche nach einem.

Kennt jemand einen Landschaftsgärtner oder Handwerker, der Erfahrung hat mit Kreiselmähern?

Kann jemand einen kompetenten Fußpfleger in der Gegend empfehlen, der kein Kurpfuscher ist?

Zu verkaufen: Rollerblades, Damengröße 6, schwarz, inklusive Knie- und Ellbogenschützer und Anleitung. Einmal benutzt.

Es gibt eine wunderbare neue Floristin in der Stadt. Wer noch nie dort war, sollte das unbedingt nachholen! Sie hat ein sehr gutes Auge.

Könnte mir jemand vielleicht eine Zahnärztin um die Ecke empfehlen?

Hat jemand eine Plastikhalterung für Zeitschriften/Bücher, die nicht mehr gebraucht wird?

Hallo zusammen! Ich verkaufe eine braune Ledercouch mit Ottomane und einen grauen Stoffsessel. Fotos anbei. Habt einen wunderschönen Tag!

Braucht ihr noch Umzugskartons? Wir sind gerade umgezogen und haben eine ganze Menge.

Kann jemand ein gutes Restaurant in Boston empfehlen?

Wir haben 8 mittelgroße Kartons. Bei Interesse bitte Nachricht.

Ich suche eine zuverlässige und vertrauenswürdige Person in der Gegend, die antike Uhren reparieren kann. Danke für jeden Vorschlag!

Sorry für die nächste Störung, aber ich hoffe wirklich, dass ich meinen Fernseher loswerde, bevor ich am Sonntagmorgen umziehe. Bitte um ein Angebot …

Die Kisten sind schon weg. Vielen Dank!

Wir brauchen kurzfristig eine Unterkunft für eine große Gruppe von 20 Künstlerinnen und Künstlern, die im Januar vor Ort sein wird – irgendwelche Tipps?

Pünktlich zu den Feiertagen suche ich nach einer Möglichkeit, einen Queensize-Quilt mit der Maschine zu quilten. Vielen Dank im Voraus für jeden Hinweis.

Kennt jemand eine Bäckerei, die noch Apfelkuchen für Thanksgiving verkauft?

Gibt es da draußen irgendwelche Schreibmaschinensammler? Oder kennt jemand welche?

Sharper Image Sanitizing Steamer im Originalkarton – nie benutzt.

Meine Nachbarn verkaufen ihr Auto, und ich habe angeboten, die Anzeige aufzugeben. Sie sind vertrauenswürdige Leute.

Kennt jemand jemanden, der im Dezember auf ein Haus und eine Hauskatze aufpassen möchte? Unsere Person ist gerade abgesprungen.

Wir haben ungefähr 3 Kilo Alabaster-Gips mit Bindemittel und Vaseline in unserem Lager. Wer zuerst kommt, mahlt zuerst.

Postdoc sucht Unterkunft: Postdoc-Fellow aus den Geisteswissenschaften sucht entspannte Wohnsituation, privat oder WG. Freundlich und respektvoll.

Ariens 926 Pro Schneefräse mit beheizten Griffen zu verkaufen.

Wir trennen uns von einem weiteren Bett.

Alabaster-Gips reserviert!

Ich mache einen kleinen Wohnungsflohmarkt und verkaufe verschiedene Gegenstände, darunter Herrenschuhe, Garn und Gepäckstücke.

Kennt jemand einen guten Immobilienmakler? Meiner sagt immer, dass er mir aus irgendeinem Grund keine Häuser zeigen will, und ist extrem unzuverlässig.

Mahagoni-Sopran-Ukulele von Ohana mit Koffer. In perfektem Zustand, kaum gespielt.

Ukulele verkauft! Vielen Dank!

Dunkelbraune Slipper und Brieftasche verkauft! Weitere Schuhe, einschließlich dieser Bootsschuhe (einmal getragen), noch verfügbar!

Ich muss ein kleines Kunstwerk digital fotografieren lassen. Bei Ihnen oder bei mir zu Hause. Danke!

Meine Nichte verkauft ihre Waschmaschine und ihren Trockner. Siehe Bild unten.

Ich verkaufe diesen Litter Robot II – automatisches, selbstreinigendes Katzenklo (siehe unten).

Gesucht: Ukulele. Hat jemand eine zu verkaufen?

Wir suchen einen verantwortungsvollen Tierliebhaber, der sich um unseren energiegeladenen Hund kümmern kann (und um drei pflegeleichte Katzen).

Wir möchten in den nächsten zwei Wochen so viele Plastikwasserflaschen wie möglich sammeln (mit Deckel!). Haben Sie welche herumliegen?

Ich suche einen Pianisten, mit dem ich zusammenarbeiten kann, um eine Liedermappe zusammenzustellen. Wenn Sie interessiert sind, kontaktieren Sie mich bitte.

Sorry für die Störung. Wir sind auf der Suche nach leeren Wasserspenderflaschen (die großen, blau gefärbten mehrgallonigen).

An alle, die auf meine Anfrage nach Klempnern geantwortet haben – danke! Die Wahl viel einhellig auf die Firma Wasserdicht.

Nabend, hat jemand hier ein anständiges professionelles Waldhorn abzugeben?

Der bequeme Stuhl und die Papierlaterne sind schon vergeben, aber die anderen Sachen sind noch zu haben.

Guten Morgen! Wenn Sie daran interessiert sind, bei einem Muttersprachler Spanisch zu lernen – ich habe viele Jahre Erfahrung im Unterrichten von Spanisch mit neutralem lateinamerikanischem Akzent sowie Kastilisch!

Ein Freund möchte ein Haus in der Gegend mieten. Es sollte in Stadtnähe sein, damit seine Mutter zu Fuß in die Kirche gehen kann, mit einem Garten (eingezäunt oder nicht eingezäunt), und es muss ein Hund erlaubt sein, der 30 Kilo schwer ist.

Ich habe ein paar schöne grüne Teller, die im frühen 20. Jahrhundert in China hergestellt wurden, aber leider positiv auf Blei getestet wurden. Was kann ich mit ihnen anstellen?

Kann mir jemand einen seriösen Radon-Entfernungsspezialisten in der Gegend empfehlen? Danke sehr!

Hat jemand eine 1- oder 2-flammige Kochplatte, die ich mir morgen ausleihen könnte? Ich würde sie am Ende des Tages zurückbringen. Gebt mir Bescheid!

Danke an alle, die mir Namen von Radon-Entfernungsspezialisten genannt haben.

Kochplatte gefunden! Danke.

Suche nach einer gebrauchten hochwertigen Overlock-Nähmaschine. Sagt doch Bescheid, wenn eine bei euch Staub ansetzt.

Hallo an alle! Ich habe irrtümlich eine Kiste mit grünen Reflektorjacken (Größe M) erhalten. Ich habe diese Jacken nicht bestellt. Wenn Sie diese Jacken bestellt haben, melden Sie sich bitte bei mir. Bitte schicken Sie einen Nachweis mit, dass Sie sie tatsächlich bestellt haben.

Ich suche ein Entwässerungsunternehmen: ein Bauunternehmen in der Gegend, das sich auf Entwässerung spezialisiert hat. Danke!

Hallo und sorry für die Störung. Kennt jemand jemanden, der einen Gabelstapler mit Fahrer hat, den ich am kommenden Wochenende für ein paar Stunden mieten könnte? Vielen Dank im Voraus.

Der Verkauf geht weiter: 2 große Eimer und 1 mittlerer Eimer; 3 blaue mittelgroße Eimer (ich werde sie reinigen); verschiedene kleine Eimer; schöner handgefertigter Kleiderhaken aus Holz; 2 Snowboards; 1 Beach Boogie Board; 2 blaue Schlitten; 1 Chagall-Lithografie; großer Koffer (weiße Flecken sind Schrammen, kein Schimmel) mit Leopardenmuster innen; verschiedene Tote-Bags aus Leinen; Schafsfellimitat; Pelzkissen; Totenkopf-Kissen; schwerer verchromter Toilettenpapierhalter; Barmixer einmal benutzt; handgefertigter rollender Holzhund (Schwanz bewegt sich) und hölzerne Winnie Pooh Halloween-Türdekoration (Ferkel macht den Kuckuck); 2 van Gogh-Drucke in tollen Rahmen; Mancala-Spiel.

Wir suchen Krankenschwestern, die in diesem Sommer in einem lokalen Extrem-Ballett-Camp arbeiten könnten. Mailen Sie uns für Infos.

Suchen einen Hahn: Ein Fuchs hat kürzlich unsere Hühnerschar dezimiert. Hat jemand einen Hahn übrig, den er loswerden möchte? Er wird frei herumlaufen können und glücklich sein mit Red, unserem süßen Huhn, und hat Ziegen als Gesellschaft.

Ich verkaufe meinen alten Zirkuskoffer. Er ist in gutem Zustand und lässt sich abschließen.

Hallo, nur eine freundliche Warnung, wenn ihr oder eure Lieben einen Gefäßspezialisten aufsuchen müssen, geht NICHT zu Dr. X. von der »Vascular Group« in K. SEHR abweisend und unhöflich.

Danke an alle, die auf den Hahn geantwortet haben! Unser Mädchen wird bald einen Schatz bekommen!

Laterne und Fahne zu verkaufen, jeweils $10. Die Laterne braucht eine normale Glühbirne. Fahne in voller Größe, gleich aufhängbar!

GRATIS: 2 gut gebrauchte rote Trommeln von einem Schlagzeug. Tomtom mit dunkelblauem Fell bezogen.

Wenn jemand eine Oboe hat, die er oder sie einem jungen Student leihen/geben/vermieten könnte, der sie über den Sommer ausprobieren dürfte, wäre das großartig. Bitte meldet Euch. Danke!

Wir suchen einen falschen Kamin, den wir für eine Show ausleihen können, der hoffentlich ungefähr wie dieser aussieht (siehe unten).

Wir suchen eine Truthahnattrappe für die Theatergruppe der Schulaufführung von »Oliver«. Hat jemand eine zum Verleihen?

Hat jemand einen Tipp, wie man an einen großen künstlichen Vogel in Form eines Truthahngeiers kommt (einschließlich des federlosen roten Kopfes) – soll für draußen sein.

Eine Vogelscheuche ist eine Puppe, die ganz unterschiedlich aussehen kann und an einem Ort aufgestellt wird, um eine bestimmte Tierart davon abzuhalten, sich dort zu versammeln.

- Vogelscheuchen sind äußerst wirksam, um (schwarze) Geier aus einem Gebiet zu vertreiben, wenn sie richtig aufgestellt werden.
- Vogelscheuchen müssen hoch genug angebracht werden, damit sie aus der Ferne zu sehen sind.
- Vogelscheuchen sollten so gestaltet werden, dass sie mit gespreizten Beinen und ausgebreiteten Armen aufgestellt werden, dann sind sie am wirkungsvollsten.

Guten Morgen – wir haben mehrere Pfund Nutro-Diät-Hundefutter mit Hühnchen zu verschenken – unser Hund mag es nicht.

Danke! Truthahnattrappe gefunden. Kommt und schaut Euch »Oliver« an, Wochenende vom 24. März!

Ich suche eine Adoptivfamilie für diese Schildkröte!

Das Hundefutter ist weg: Danke an alle, die geantwortet haben.

Ich verschenke eine Zither in sehr gutem Zustand mit zwei Handbüchern und einem Extra-Pack Saiten. Bitte kontaktiert mich, wenn ihr interessiert seid.

Hallo zusammen, ich suche jemanden, der bei meinen entzückenden älteren Beagles bleibt.

Ich habe einen Freund, der in die Stadt kommt und nur ein einfaches, sauberes Zimmer braucht (für einen Erwachsenen) mit Möglichkeit, ein Bad mitzubenutzen. Alle Vorschläge sind willkommen.

Zither hat ein Zuhause gefunden, danke.

Ich bin auf der Suche nach einem alten schwarzen Akademikertalar, den jemand zu verschenken bereit wäre. Zerfleddert, zerrissen oder geflickt ist kein Problem.

Guten Morgen! Ich hoffe, mir kann jemand US-Dollar in Euro umtauschen, zu einem Wechselkurs von 1 Euro à 1,13 Dollar. Ich brauche so 100–200 Euro. Vielen Dank.

Ich suche jemanden vor Ort, der sich mit Außenbordmotoren auskennt. Unserer scheint einen neuen Impeller zu brauchen.

Hallo Leute: Ich organisiere diesen Freitag ein gemeinsames Marmeladekochen. Brauche mehr elektrische Kochplatten. Kann ich mir eure für 1 Tag ausleihen?

Zwei Goldfische, die als sehr kleine Fische für ein 20-Liter-Aquarium gekauft wurden und inzwischen 8 und 10 Zentimeter groß geworden sind, sind zu groß fürs Becken. Bei Abholung umsonst abzugeben.

Suche Umzugs-»Männer«: Brauche am Montag zwei starke Rücken, um zwei Möbelstücke eine enge Treppe hinunterzubewegen.

Einjährige Schildkröte zur Adoption freigegeben! Sie frisst Truthahnaufschnitt und kann bestimmt lernen, hochwertiges kommerzielles Schildkrötenfutter zu essen. Richtige Schildkrötenpflege erfordert UV-Licht, sauberes Wasser und ein paar Mineralien zur Nahrungsergänzung.

Sorry für die Störung hier. Irgendwelche Tipps für einen zuverlässigen Verfuger in der Gegend?

Ich suche einen alten Karteischrank mit Schubladen – die innere Breite der Schublade muss etwas größer als 15 Zentimeter sein (zur Aufbewahrung von Papierpäckchen mit Moos- und Flechtenproben).

Hallo an alle. Wir sind in Kauflaune für ein neues Auto, vorzugsweise in Wildgrün. Wir wollen sehen, wie Wildgrün ausschaut. Wenn jemand eins besitzt und uns einen Blick darauf werfen lässt, wären wir sehr dankbar.

Wir haben noch Schwimmwesten zu verschenken!

Ich bin auf der Suche nach einem Schlagzeug (Erwachsenengröße) für meinen Sohn. Wenn Sie eins haben, lassen Sie es mich bitte wissen. Er fängt gerade erst an, also suche ich nicht nach etwas zu Teurem.

Unser Büro verschenkt unsere kleine Keurig-Kaffeemaschine (zusammen mit einer Schachtel Kaffeepads).

Abzugeben: Schlauchwagen mit Schlauch – sieht so aus (siehe unten).

Die Kaffeemaschine ist schon vergeben, danke!

Schlauchwagen ist vergeben.

Ein Anwohner in der Gegend sucht ein neues Zuhause für 100–200 Zimmerpflanzen, die 40+ Jahre alt sind. Zu den Pflanzen gehören: Kakteen, Begonien, Silberblätter, Farne und Zimmertannen.

Wir haben 5–6 Dutzend Dekovasen, die früher als Teil von Tafelaufsätzen für ein Abendessen benutzt wurden, die wir nicht mehr brauchen. Kostenlos abzugeben, wer sie abholen will. Oder auch nur einen Teil davon.

Ein paar Dinge zu verkaufen: Fünfteiliges Schlagzeug mit zwei Becken und Ständern, Marke PEACE, $100. »Cruzer by Crafter« E-Gitarre, gelb, $75. Kaninchenstall, doppelstöckig, drei Räume und Plattform, $75.

Eier und Ziegenfleisch zu verkaufen. Die Mädels waren echt fleißig diese Woche, trotz Hitze. Das Ziegenfleisch schmeckt vielleicht nach Basilikum.

Dekovasen weg: Glückwunsch an M., die sie bei ihrer bevorstehenden Hochzeit verwenden wird!

Suche Matratze für zwei Personen – hat jemand eine anständige Matratze, die im Weg ist?

Ich suche zwei Leute und einen Lastwagen, um ein paar Sachen zu transportieren, einschließlich eines Klaviers.

Ich brauche jemanden, der die Dachrinnen an meinem Haus reinigt, der mir beim Reinigen meiner Dachrinnen hilft oder die Leiter halten kann, während ich die Dachrinnen reinige.

Ich brauche einen richtig fähigen Tierverhaltensforscher/ Hundetrainer aus der Nähe, der uns bei einigen Verhaltensproblemen hilft, die wir mit unserem Hund haben. Für jeden Vorschlag bin ich sehr dankbar!

Wir brauchen mehr nistende Schwalben für eine Studie – nistet auf ihrem Grundstück eine Schwalbe?

Auf der Suche nach den Blättern eines Seesternbaums für eine sehr hungrige Mondspinner-Raupe. Wenn Sie einen Seesternbaum haben oder wissen, wo ich einen finden könnte, wären ich und die Raupe sehr dankbar.

Ich wäre jedem von Euch zu Dank verpflichtet, der mir einen Handwerker für meine Wohnung im Pfarrhaus empfehlen kann.

Vielen Dank für die vielen Nachrichten, die mich zu mehr Seesternbäumen vor Ort geführt haben, als ich mir je hätte vorstellen können. Raupe ist am Schlemmen.

Bin grade dabei, eine Familienreise nach Hawaii zu planen. Gibt es hier Leute, die viel darüber wissen und die bereit wären, mit mir über Hawaii zu plaudern?

Ich habe ein paar Kilo Vogelfutter zu verschenken, darunter eine Mischung speziell für Nymphensittiche. Bitte gebt bei Interesse Bescheid.

Danke für euer Interesse, Leute. Das Vogelfutter wurde schon abgeholt.

Talar der University of Chicago in ausgezeichnetem Zustand. $20.

Kostenloser großer Weichkoffer, den ich gerne verschenken würde. Der Reißverschluss ist etwas friemelig, aber sonst ist er in Ordnung.

Ich bin auf der Suche nach einem großen Bücherregal.

Kostenloser Hahn an ein gutes Zuhause abzugeben. Wunderschön, wenn auch ein bisschen aufgeblasen. 5 Monate alt, Ameraucana.

Hallo an alle von einem Notar: Ich bin ein Notar und brauche einen Notar, der eine Abtretungserklärung notariell beglaubigen kann.

Verzeiht die Störung, aber ich brauche Änderungen an meinem Bräutigam-Mutter-Kleid! Kann mir jemand irgendwen empfehlen? Tausend Dank!

Für die Mutter des Bräutigams auf der Suche nach einer Schneiderin: Es gibt eine nette koreanische Dame in der Gasse bei den Bagels, die Straße hinter dem Kino. (Die Schneiderin hieß Jin, aber Jin hat sich zur Ruhe gesetzt. Der Laden heißt immer noch Jin, glaube ich.)

Sorry für diese Frage, aber kennt jemand ein möglichst kleines und leises Banjo, das ich für 2 Wochen ausleihen oder mieten könnte? Mein Banjospieler kommt aus Frankreich und hat kein Banjo dabei. Sorry für die Störung!

Ich suche alte Zeitungen zum Einwickeln von Gegenständen zum sicheren Verpacken.

Wir sind auf der Suche nach einer gebrauchten Waschmaschine für unser Haus Upstate. Äußerlichkeiten sind irrelevant.

Ersatz-Doppelbett vorhanden – aufblasbares Bett auf Beinen. Die Beine klappen sich beim Aufblasen des Betts aus, Luft lässt sich automatisch ablassen und faltet sich auch automatisch wieder zusammen.

Hat jemand sechs saubere Mauerziegel?

## Hände am Lenkrad

Ich dachte, im Handbuch stünde Hände auf 10 und 2 Uhr am Lenkrad. Aber vielleicht liegt das daran, dass ich am liebsten mit den Händen auf 10 und 2 Uhr fahre. Aber im Handbuch steht eigentlich: Hände auf 9 und 3 Uhr. Nun, mein Mann fährt normalerweise mit seinen Händen auf 11 und 1 Uhr, was mich nervös macht. Und manchmal – noch schlimmer – auf 7 und 5 Uhr.

Oder, wenn er richtig entspannt ist, nur auf 5 Uhr.

## Silberreiher im Scheinwerferlicht

(*Letzten Sonntag*)

– Irgendwelche Berichte über Wildtiere?

– Ja, tatsächlich schon! Ich bin diese kurvige Straße in die Stadt runtergefahren und habe einen großen Silberreiher gesehen, mitten auf der Straße!

– War das in der Nähe von einem Gewässer?

– Nein, ich konnte nirgendwo Wasser sehen. Da war Wald auf beiden Seiten der Straße, direkt angrenzend an die Straße. Das war sehr seltsam.

– Was hat er gemacht?

– Er stand einfach nur da.

– Hat er etwas auf der Straße gefressen?

– Nein. Ich glaube, sie fressen nur lebende Fische. Man sieht sie normalerweise im Wasser stehen und nach Fischen Ausschau halten.

– Ich weiß. Und was hast du gemacht? Hast du angehalten?

– Nein, ich bin nur langsamer geworden, als ich mich ihm näherte. Ich wollte nicht hupen und ihn erschrecken.

– Was hat er gemacht?

– Naja, er ist vor mir die Straße entlanggelaufen, am Straßenrand.

– Er ist gelaufen?

– Ja, ich glaube, er ist schnell gelaufen, ich glaube nicht, dass er gerannt ist. Schließlich flog er ein paar Meter hoch – er hatte riesige Flügel –, und dann flog er runter in einen tiefen Graben zwischen den Bäumen und der Straße. Der Graben war sehr tief. Ich konnte ihn dort unten überhaupt nicht se-

hen. Ich habe mir Sorgen gemacht, was er tun würde, nachdem ich vorbeigefahren war. Ich habe mir Sorgen gemacht, dass er wieder auf die Straße zurückgehen würde. Ich weiß nicht, was er dort gemacht hat. Ich habe sie noch nie so weit entfernt von Gewässern gesehen.
– Vielleicht war was nicht in Ordnung mit ihm.

(*Diesen Sonntag*)
– Irgendwelche Berichte über Wildtiere?
– Habe ich dir von dem Reiher erzählt, den ich auf der Straße gesehen habe?
– Ja, davon hast du mir erzählt. Du könntest eine Geschichte über ihn schreiben. Du könntest sie »Silberreiher im Scheinwerferlicht« nennen.
– Aber er war nicht in meinem Scheinwerferlicht. Ich hatte die Scheinwerfer nicht an. Es war ja mitten am Tag. (*Pause*) Ich könnte sie »Silberreiher in der Mitte der Straße« nennen.
– Aber das hat nicht die gleiche Alliteration.
– Aber es war nicht in der Nacht. Es war bei Tag.
– Schriftstellerinnen müssen nicht ehrlich sein.
– Aber eigentlich könnte ich sie schon so nennen, und dann sagen, dass die Scheinwerfer nicht wirklich an waren –
– Du hast mich nicht verstanden. Ich habe gesagt, Schriftstellerinnen müssen nicht ehrlich sein. Das war als Provokation gemeint.
– Das ist keine Provokation. Ich meine –
– Ah. (*Lacht*)
– Ich weiß, dass Schriftstellerinnen nicht ehrlich sein müssen. Ich könnte sie »Silberreiher im Scheinwerferlicht« nennen und dann erklären, dass es eigentlich bei Tag war.

## Ehemoment der Verärgerung – Versicherung

Sie versuchte gerade, ihm etwas zu erklären.
Was sie sagte, war verwirrend, widersprüchlich und ein wenig unzusammenhängend.
»Du bist wie dieses *Versicherungsdokument!*«, sagte er zu ihr.

## Ehemoment der Verärgerung – Gemurmel

»[Murmel, Murmel].«
»Ich kann dich nicht hören.«
»Willst du mich hören?«
»Nein.«

## Noch nicht ganz Ring Lardner

Ich sagte zu ihm, dass ich versucht hatte, eine Geschichte so ungefähr im Stil von Ring Lardner zu schreiben. Er fragte mich, was so ungefähr der Stil von Ring Lardner sei. Ring Lardner war ein komischer Schriftsteller, sagte ich. Er schrieb in den 1920er Jahren über den Durchschnittsbürger, einen Mittelklasse-Amerikaner – obwohl damals der durchschnittliche Mittelklassetyp nicht das war, was er heute ist.

Das war keine sehr gute Beschreibung. Aber er hörte mir sowieso schon nicht mehr zu – man muss seine Aufmerksamkeit mit den ersten paar Worten erregen und sie dann auch behalten.

Ein paar Tage später las ich ihm meine Geschichte vor.

Er sagte, es gäbe keinen Anfang, kein Ende und keine Handlung. Er fragte, ob Ring Lardner sie so geschrieben hätte.

Naja, nein, sagte ich. Ich arbeite eben noch daran.

Vor Jahren fand ich in einem Buch, das ich in der örtlichen Bibliothek ausgeliehen hatte, einen Brief, der wie der Monolog einer Ring-Lardner-Figur klang. Der Typ schrieb aus Florida an seinen Kumpel, und es ging um das *Spring Training* im Baseball und um die Gesundheit seiner Frau. Ich habe den Brief aufbewahrt, er ist irgendwo im Haus, aber ich habe ihn nie wiedergefunden. Je mehr Zeit vergeht, desto mehr erscheint er mir in meiner Erinnerung als eine perfekte Ring-Lardner-Geschichte.

## Im Zug nach Stavanger

Zwei der Dinge, die ich auf dieser Zugfahrt tun werde, denke ich, als ich mich auf meinen Platz setze, sind, aus dem Fenster auf die Landschaft zu schauen und den Gesprächen um mich herum zu lauschen, in der Hoffnung, mein Verständnis des gesprochenen Norwegisch zu verbessern.

Ich lehne mich nach vorn, um dem Paar zu lauschen, das auf den Plätzen vor mir sitzt, aber dann hören sie auf zu reden. Ich drehe mich nach links, um aus dem Fenster zu schauen, aber dann fährt der Zug in einen Tunnel. Ich lehne mich wieder nach vorn, um dem Gespräch vor mir zuzuhören, das wieder aufgenommen wurde. Das Paar tauscht ein paar Bemerkungen aus, die ich nicht verstehe. Dann, an der nächsten Haltestellte, steht eine der Personen auf, verabschiedet sich von der anderen und steigt aus. Ich verstehe das Wort für »Tschüss«. Ich drehe mich wieder nach links, um aus dem Fenster zu schauen, doch das Fenster ist beschlagen.
Ein anderes Paar steigt ein, sie legen ihre Sachen auf den freien Plätzen vor mir ab, gehen in einen anderen Waggon, um Kaffee zu kaufen, kommen zurück, setzen sich, lachen zusammen und fangen an zu plaudern. Ich lehne mich nach vorn, um zuzuhören, auch wenn sie für mich vermutlich zu schnell miteinander reden. Aber plötzlich hat er seinen Laptop aufgeklappt, und sie hat ihr iPhone in der Hand, und sie hören auf zu reden.
Dann fangen drei Leute, auf der anderen Seite des Gangs und zwei Plätze weiter, an, miteinander zu plaudern, sie sind aller-

dings zu weit weg, sodass ich kein einziges Wort ausmachen kann. Anschließend fangen alle um mich herum auf einmal an zu plappern, ihre Stimmen überlagern sich, sodass ich nichts mehr verstehen kann. Und dann werden ganz plötzlich alle still.

Währenddessen denke ich mit Bedauern daran, dass ich durchs Fenster auch Fotos hätte machen können. Es gibt zum Beispiel ein schönes kleines flaches Tal mit einem weißen Haus, einer roten Scheune, dunklen Wäldern im Hintergrund, einem See davor, wobei die Sonne auf alles herunterscheint. Aber ich habe meine Kamera nicht mitgebracht. Danach gibt es Tannen, einen buschigen Hang und Schafe, die grasen. Dann, zwischen Egersund und Bryne, gibt es eine kahle, felsige, stachelige Landschaft, und ich denke, wir befinden uns auf einem Berggipfel, denn ich habe keine Ahnung von der Geografie hier. Es stellt sich heraus, dass wir uns nicht auf einem Berggipfel befinden, sondern unten am Meer. Ich hätte eine detaillierte Karte mitbringen können, um unsere Route zu verfolgen, aber ich habe vergessen, mir eine zu besorgen. Es ist hier weniger dicht besiedelt, eigentlich gar nicht, auch nicht von Tieren – von denen ich weiß, dass sie auf Norwegisch *dyr* heißen. Die Felsen auf den Feldern unterscheiden sich nicht allzu sehr von den Schafen auf den Feldern. Ich hätte sie fotografieren können, aber ich habe nicht einmal mein iPhone mitgebracht.

## Wie traurig?

Wie traurig bin ich wirklich?
Nur eines meiner Augen weint.

## Kreppig

•••••••

Vor langer Zeit, als ich jung war, schrieb ich in mein Tagebuch, dass meine Mutter, die alt war, lachend sagte, dass sie, als sie so alt war wie ich, fürchtete, ihre Augenlider würden *kreppig*. Ich war neunundzwanzig, als ich aufschrieb, was sie gesagt hatte, und sie war dreiundsiebzig. Ich wusste nicht, ob meine eigenen Augenlider kreppig waren. Jetzt, wo ich lese, was ich damals aufgeschrieben habe, bin ich zweiundsiebzig, fast so alt wie sie damals. Was meine Mutter betrifft, sie ist verstorben, ist oben in einer Urne. Auch ihre Augenlider, vermischt mit dem ganzen Rest, sind heute Asche.

## Die Hingabe einer Mutter

Ich würde meinen rechten Arm dafür geben, dass er gesund und glücklich ist.
Naja, vielleicht nicht meinen rechten Arm.
Aber auf jeden Fall meinen linken.

# IV

## An einem Winternachmittag

Als Erstes schläft der große graugetigerte Kater ein. Er liegt ausgestreckt auf einer grünen Decke oben auf der Rückenlehne eines Sessels unter einer Lampe.
Der Mann sitzt im Sessel, trägt seine Lesebrille und liest in einem Buch.
Als Zweites schläft der große schwarze Kater ein. Er liegt eingerollt auf einer dunkelblauen Decke oben auf der Rückenlehne des Sofas. Das Polster unter ihm ist so weich, dass er in einer tiefen Kuhle liegt, beinahe unsichtbar auf dem dunklen Blau.
Die Frau sitzt am Ende des Sofas in der Nähe des schwarzen Katers, der, ohne die Augen zu öffnen, zu schnurren begonnen hat, als sie sich hinsetzte. Sie liest in einer Zeitschrift und macht sich Notizen in einem kleinen braunen Notizbuch.
Als Drittes schläft nach einer ruhigen halben Stunde der Mann ein, der seine Brille abgenommen und sein Buch weggelegt, die Arme verschränkt und den Kopf nach hinten gelegt und zur Seite geneigt und vom Fenster abgewendet hat. Der graue Kater hat eine Vorderpfote auf seine Schulter gelegt.
Als Letztes schläft die Frau ein, die ihren Stift und ihr Notizbuch neben sich auf das Sofa gelegt, die Zeitschrift aufgeschlagen und umgedreht über ihrer Brust liegen gelassen und den Kopf nach vorn gesenkt hat.
Inmitten dieser Stille rauscht nun nur noch die Heizung in der Küche und bringt ein wenig Wärme ins Haus.

## Interessantes Privatgemüse

In Indonesien sammelten Hausangestellte vor Jahren Altpapier, das im Haushalt weggeworfen wurde, um es aufzubewahren. Sie sortierten es zu kleinen Stapeln zusammen und verkauften es an Markthändler zum Einschlagen ihres Obsts und Gemüses. Unter den verschiedenen Papierstücken befand sich manchmal ein blauer Aerogrammbrief. Und so geschah es, dass das *bawang putih* oder die *buncis*, die man einkaufte und mit nach Hause nahm, hin und wieder eingewickelt waren in die Privatpost eines anderen Menschen.

## Zweiter Drink

Sie weiß, dass der Alkohol Wirkung zeigt,
wenn sie wehmütig denkt,
»Mein lieber alter Shakespeare!«

## Kommentar zu »Interessantes Privatgemüse«

In der ersten Fassung dieser Geschichte zählte ich Gemüse auf, das ich bei der Suche nach »indonesisches Gemüse« im Internet gefunden habe. Ich dachte, ich sei sehr gewissenhaft vorgegangen, und doch stellte sich heraus, dass die beiden Worte, die ich gefunden hatte, keine gute Wahl waren. Ich beherrsche die indonesische Sprache überhaupt nicht, also war ein Wort für mich nichts als eine Aneinanderreihung von Buchstaben. Der Redakteur der Zeitschrift, dem ich die Geschichte schickte, sprach ebenfalls kein Indonesisch, also war es ihm unmöglich, meinen Fehler zu bemerken. Doch um sicherzugehen, schickte ich die Geschichte an eine meiner Cousinen, die einmal in Indonesien gelebt hat und sowohl mit der Sprache als auch dem Gemüse vertraut ist. Sie sagte, dass der erste Begriff, den ich verwendet habe, *bawang merah*, der Name einer roten Zwiebel sei – die süßere Art –, dass diese Zwiebel aber nicht eingeschlagen werde. Sie schlug stattdessen *bawang putih* vor, das ist Knoblauch, und dieser werde durchaus in Papier eingepackt. Der zweite von mir verwendete Begriff, *kunci*, sagte sie, bedeute »Schlüssel«. Ich wusste nicht, ob sie »Schlüssel«, also »von entscheidender Bedeutung«, meinte, obwohl das unwahrscheinlich schien, oder die Art von Schlüssel, die man zum Öffnen einer Tür verwendet. Ich schrieb zurück und fragte sie, und sie antwortete, sie meinte »Türschlüssel«. Sie glaubte, was in einen blauen Aerogrammbrief eingewickelt gewesen sein könnte, sei nicht *kunci*, sondern es seien *buncis*, grüne Bohnen. Jetzt ist alles korrekt in der Geschichte, und ich könnte das Detail einflechten, dass meine Cousine diejenige war, die den unerwarteten Aerogrammbrief erhalten hatte. Aber es bleibt mir auch noch das Bild des unvermuteten Türschlüssels (ein großer alter Eisenschlüssel), eingeschlagen in ein blaues Aerogramm, irgendwo tief unten im Korb zwischen dem Gemüse.

## Berühmtheitsgrund #4: Sally Bowles

Nach ihrer Scheidung heiratete der zweite Ehemann meiner Mutter die Nachtclubsängerin und Schriftstellerin Jean Ross, das Vorbild für Sally Bowles in dem Musical *Cabaret*. Aus ihrer Beziehung ging eine Tochter hervor, die Halbschwester meiner Halbschwester.

## Eine Person fragte mich nach Flechten

Jemand fragte mich, ob ich jemals über Flechten geschrieben hätte. Er dachte, ich sei die Art von Mensch, die sich für Flechten interessieren und über sie nachdenken könnte. Er glaubte dies, weil er wusste, ich interessierte mich für Moos, Samen, Pollen, Blätter, Erde, Insekten wie Wespen, Ameisen, Marienkäfer und Sägefliegen, und auch für Spinnen, besonders Weberknechte, die so kleine Köpfe haben, in denen ihre Intelligenz steckt, und so dünne Beine, in denen ihre Muskeln stecken. Es war völlig richtig, dass ich mich für Flechten interessieren würde, doch tatsächlich hatte ich ihnen bisher wenig Aufmerksamkeit geschenkt. Es gibt Flechten auf meinen Apfelbäumen und Holzapfelbäumen, und ich hatte mir Sorgen gemacht, dass das ein schlechtes Zeichen sei. Ein Freund, der beruflich Apfelbäume anbaute, sagte mir, dass ich mir keine Sorgen wegen der Flechten auf den Bäumen machen müsse. Ich hatte mich erst in diesem Sommer besonders für die Wildblumen interessiert, die in meinem Garten aufsprossen, und eigentlich für alle Wildpflanzen, die in meinem Garten wuchsen – die meisten von ihnen blühten natürlich früher oder später, wenn auch in manchen Fällen auf ganz unauffällige Art. Zeitgleich mit diesem Interesse, oder kurz danach, begann ich, den Pilzen mehr Aufmerksamkeit zu schenken. Mir waren immer schon die Pilze ins Auge geschossen, die plötzlich, über Nacht, hier und da an selbstgewählten Stellen sprossen, oft nach einem Regen oder bei längerem feuchten Wetter, mitunter an Stellen, die mir ein Rätsel waren und die ich mir nicht ausgesucht hätte, wenn ich ein Pilz wäre, etwa am Rand meiner asphaltierten Einfahrt – obwohl, wenn ich darüber nachdenke und wenn ich wirklich diese Art von Pilz gewesen wäre, hätte ich mir schon genau diesen Flecken ausgewählt. Andere Stellen ergaben mehr Sinn für mich, obwohl ich sehr wenig über Pilze weiß, außer vielleicht, dass sie eigentlich nur die Fruchtkörper einer Art langer unterirdischer Stämme sind – mit anderen Worten, dass sie nur das äußere, oberflächliche Zeichen eines viel größeren lebenden Organismus sind, ein Gedanke, der leicht beängstigend ist. Aber natürlich ist das Treiben unter der Oberfläche des Bodens äußerst komplex, und zwar im großen – oder ich sollte besser sagen, im kleinen Maße –, und auf jeden Fall ist es gigantisch, falls das irgendwie Sinn ergibt – unsichtbar für uns und den meisten von uns unbekannt. Wie auch immer – nachdem ich Pilze jahrelang nur bemerkt, meist bewundert, manchmal auch bestaunt habe, habe ich gelernt, dass ich sie ohne viel Mühe auch selbst züchten kann. Ich dachte, ich bräuchte nur einen verrotteten Baumstamm oder einen Haufen Holzspäne, die ich bereits hatte, und einige Sporen, die ich bestellen und mir hierher liefern lassen könnte. Ich beschloss, es nicht dieses Jahr zu versuchen, da ich bereits mit verschiedenen Neuanpflanzungen beschäftigt war, aber ich würde es im nächsten Jahr machen. Von einem lieben Freund hatte ich auch ein kleines Buch geschenkt bekommen, in dem verschiedene Arten von Pilzen gezeigt wurden, mit klar verständlichen Beschreibungen und Zeichnungen und Symbolen, die angaben, ob der jeweilige Pilz essbar war. Ich begann, in diesem Buch nachzuschlagen, welche Pilze in meinem Garten vorkamen. Ich war mir nicht sicher, ob ich sie korrekt bestimmt hatte, und deshalb machte ich Fotos von den Pilzen und schickte sie an ein befreundetes Ehepaar, das gut im Bestimmen von Pilzen ist, der Mann ist etwas geübter als die

Frau, die zunächst ihre eigene Bestimmung vornimmt, sich dann aber an ihn wendet, um sie bestätigen zu lassen. Anschließend wagt er dann seinerseits eine Bestimmung, wobei er mitunter abwartet, bis er sein ganzes Sortiment an Büchern zur Verfügung hat und dann zumeist mit seiner Frau übereinstimmt, mich dann aber darauf hinweist, dass er sich ohne Sporenpulverabdruck nicht sicher sein kann. Bis zu diesem Jahr hatte ich noch nie etwas von einem Sporenpulverabdruck gehört. Wie es der Zufall wollte, waren die Pilze, die im Garten vorkamen und die meine Bekannten für mich identifizierten, alle hochgiftig, mit Ausnahme der letzten, die in den relativ frischen Holzspänen unter einem der alten Apfelbäume wuchsen und die das Ehepaar mit fast hundertprozentiger Sicherheit als eine Art Bovist identifizierte. Die beiden sagten weiter, dass Boviste essbar seien, dass ich diese aber trotzdem nicht essen sollte. Dann, nachdem die Saison für den Anbau vorüber gewesen war und ohne dass ich darum gebeten hatte, schenkte mir ein junger Freund ein Pilzzuchtset. Es bestand aus einer Tüte, dicht bepackt mit kleinen Impfdübeln, die von einem Pilzgeflecht durchwachsen waren, zusammen mit einer Anleitung und einer Broschüre voller interessanter Artikel mit Pilzbezug. Auf der Anleitung wurde dazu geraten, die Dübel immer erst dann einzusetzen, wenn das Pilzgeflecht die Möglichkeit hatte, sich von der langen, zweifellos holprigen Reise zu erholen, während derer die Myzelien vorübergehend zerdrückt sein könnten. Dass sie sich erholt haben, erkennt man an ihrem weißlichen, flauschigen Aussehen. Ich bin mir noch nicht sicher, was Myzelien sind. Auch habe ich gelernt, dass man die Dübel mit Pilzgeflecht nicht einfach in irgendein Holzstück einfügt, wie ich dachte, sondern dass man Eiche für die eine Art verwendet, Buche für eine andere, Esche für wieder eine andere und so weiter. Meine Dübel enthalten das Pilzgeflecht von Shiitake-Pilzen, gut für eine Anfängerin, da sie als leicht zu züchten gelten, und für sie brauche ich Eichenstämme. Ich glaube, ich weiß, wo ich Eiche herbekommen kann. Ein befreundeter junger Landwirt erzählte mir im vergangenen Sommer, dass seine Familie einen großen Wald besitzt, in dem zwanzig Hektar fast ausschließlich aus Eichenwald bestehen. In der Zwischenzeit, da nun Winter ist, muss ich mein Päckchen mit Pilzmyzel in den Kühlschrank stellen, vorzugsweise ins Gemüsefach, und abwarten, bis die Temperaturen im Freien wieder über 4 Grad liegen. Das habe ich getan und ich werde warten. Ich werde den gesamten Rest des Winters über Zeit haben, die Anleitung zu lesen und wieder zu lesen und zu entscheiden, ob ich meinen jungen Landwirtfreund um ein paar Eichenstämme bitten solle. Wenn ich die Impfdübel herausnehme, werde ich sie genau betrachten und erst dann in den Stamm einsetzen, wenn sich ihre Myzelien an die Raumtemperatur gewöhnt haben. Nachdem die Person gesagt hatte, dass er vermute, ich könnte mich für Flechten interessieren, habe ich mich natürlich sofort für Flechten interessiert. Er sagte, ich sei wahrscheinlich ein flechteninteressierter Mensch, obwohl ich eigentlich kein flechteninteressierter Mensch gewesen war, bis zu dem Zeitpunkt, als er dies gesagt hatte. Er dachte, ich arbeite vielleicht bereits an einem Projekt mit Flechtenbezug. Er wusste, oder glaubte zu wissen, dass ich mir Dinge ganz genau anschaue, sogar kleine Dinge. Jetzt bat er mich, mir Flechten einmal genauer anzuschauen. Ich begann damit, die Flechten an meinem Holzapfelbaum, dem Baum neben der Seitentür, genauer in Blick zu nehmen. Die Landschaft des Baums ist nun, da die Blätter gefallen sind, hell mit kleinen roten Äpfeln, dunklen Zweigen und blassblaugrünen Flechten. Sie sind in der Tat wunderschön, was

Farbe und Form betrifft, obwohl sie ganz klein sind. Sie wachsen nicht nur auf den Ästen des Holzapfelbaums, sondern auch auf einigen der Steinplatten im Rasen. Eine der Steinplatten ist fast vollständig von Flechten bedeckt. Wenn sie auf Steinen wachsen, muss ich mich fragen, was ich mich noch nie zuvor gefragt habe, nämlich, wovon sie sich ernähren. Ich habe mit meinem erwachsenen Sohn einen Waldspaziergang gemacht und ein kleines Stück Rinde mit nach Hause genommen, das von einem Baum gefallen war und auf dem Weg lag und auf dem zwei Arten von Flechten zu wachsen schienen. Beide sind von einem blassen, milchigen Grün, eines eher gelblich und eines eher bläulich. Durch ihr Wachstum ergeben sich verschiedenste Muster. Das gelbliche ähnelt, wenn ich genau hinschaue, kleinen Miniatur-Korianderblättern, die stark gebleicht sind und so dicht beieinander wachsen oder sich überlappen, dass man die Rinde darunter nicht erkennen kann. Das andere, das bläuliche, ist etwas größer, wenn auch sehr klein, es ähnelt Seetang, mit Freiräumen zwischen seinen flachen, geweihförmigen Ranken, wo die dunkelgraue Rinde durchscheint. Zum jetzigen Zeitpunkt weiß ich nicht viel über Flechten. Ich weiß nicht, ob diese Flechtenflächen auf dem Stück Baumrinde, wo die Rinde vom Baum getrennt ist, jetzt tot oder lebendig sind, oder ob ich ihr Leben beendet habe, indem ich sie nach Hause und ins Haus gebracht habe. Bald nachdem ich sie hereingebracht hatte, habe ich sie vor der Katze in Sicherheit gebracht, eine Hauskatze, die deshalb neugierig auf alles ist, was von draußen ins Haus kommt, vor allem auf alles Natürliche, und jetzt bin ich mir nicht sicher, wo sie sind. Ich habe noch nicht mit der Lektüre über Flechten angefangen. Ich weiß nicht, ob Flechten ein Teil des Permakultur-Gartenbaus werden, mit dem ich dieses Jahr begonnen habe. Ich bezweifle es, obwohl ich gelernt habe, dass fast alles, was ich in meinem Garten sehe, eine Rolle in diesem großen interaktiven System spielt. Mein Sohn fragte mich zum Beispiel neulich skeptisch: Brauchen wir wirklich Wespen? Ich wusste, dass wir sie brauchen, aber mir fiel im Moment nur ein Grund ein, obwohl ich wusste, dass es auch andere Gründe gibt, die allerdings von der Art der Wespe abhängen. Meine Fragen beziehen sich im Moment auf Flechten. Zum Beispiel, ernähren sie sich von den Mineralien im Stein? Oder ernähren sie sich von etwas in der Luft? Ich weiß, dass ich schnell und einfach Antworten auf einige dieser Fragen finden könnte, aber ich frage mich immer erst gerne etwas länger, um meinen Geist zu trainieren, wenn man ihn so bezeichnen kann. Nun, vor Kurzem haben sich zufälligerweise mehrere andere Mitglieder meiner Familie Buchgeschenke über die Natur gewünscht. Eine interessiert sich für kleine Fische, einer für Moose und eine zufällig auch für Flechten – ich habe sie noch nicht gefragt, warum. Als ich diese Bücher in meiner lokalen unabhängigen Buchhandlung bestellt habe, habe ich auch ein Buch über Flechten für mich mitbestellt. Wie ich während des Gesprächs mit der Buchhändlerin feststellte, war auch sie äußerst begeistert von Flechten, vor allem von ihrer Schönheit im Winter, wenn es auf einem Waldspaziergang sonst nicht allzu viel zu sehen gibt. Sie hat bisher viel mehr Flechtenarten entdeckt als ich. Ich habe zwei in meinem Garten und die gleichen zwei im Wald gesehen, also glaube ich, dass es nicht viel mehr als allenfalls zwei verschiedene Arten gibt und schätzungsweise vielleicht höchstens zehn. Aber da spricht meine ungeheure Unwissenheit aus mir. Ich verstehe langsam, dass es Dutzende, wenn nicht sogar Hunderte von Flechtenarten gibt. Doch jetzt da ich begonnen habe, das schmale Buch über Flechten zu lesen, das ich mir gekauft habe, und da ich mich ernsthafter mit ihnen beschäftige und mehr über sie herausfinde und nicht mehr bloß neugierig bin, werde ich von nun an auch aufmerksamer sein, was ich von einem Waldweg aus erkennen kann, besonders im Winter. Und wenn mich im nächsten Jahr um diese Zeit jemand fragt, ob ich ein flechteninteressierter Mensch bin und, noch besser, ob ich beschäftigt bin mit einem Projekt mit Flechtenbezug, werde ich wahrheitsgemäß sagen können, ja, das bin ich.

## Rechtschreibproblem

Eine Frau vom Barnard College ruft mich an und fragt mich im Laufe unseres Telefongesprächs, ob ich bitte einmal *hämorrhagisch* für sie buchstabieren könnte. Ich buchstabiere es, aber falsch – vielleicht »hämmhorhagisch«.

Es gefällt mir nicht, wenn ich nicht weiß, wie man ein Wort schreibt, denn es interessiert mich, wie Wörter geschrieben werden.

Dann werde ich neugierig und frage Bekannte und andere Leute, wie das Wort geschrieben wird – immer dann, wenn ich mit jemandem telefoniere.

R. buchstabiert es »hemmorhagisch«.

E. buchstabiert es »hemmoragisch« und ändert es dann aber schnell ab in »hemorhagisch«.

Mutter buchstabiert es »hemorhagisch«.

Bevor sie es buchstabiert, erwähnt Mutter die Wahlmöglichkeit zwischen »hä-« und »he-«, die auch E. erwähnt hat.

Zuerst denke ich, dass die »hä-«-Frage eine falsche Fährte ist, was ich dann zu E. sage. (Oder eine »falschä Fehrte«.) Aber als ich versuche, das Wort in der Form mit »hä« zu schreiben, denke ich, dass dies vielleicht doch nicht irrelevant ist. Vielleicht würde die Verwendung von »hä« es einfacher machen, den Rest des Wortes richtig zu buchstabieren.

D. buchstabiert es »hemmoragisch«.

S. buchstabiert es »hemhorragisch«.

Ann L. buchstabiert es »hemhoragisch«.

Aber all das ist schon fünfzehn Jahre her. Und obwohl ich immer wieder daran denke und versuche, mich zu erinnern, weiß ich einfach nicht mehr, warum eine Frau, die mich vom Barnard College anrief, mich bitten sollte, das Wort *hämorrhagisch* für sie zu buchstabieren.

## Multiple-Choice-Frage gestellt von Fremden in Broschüre

Frage: Wird das Leiden jemals enden?

Sagen Sie:
- ja?
- nein?
- vielleicht?

## Ihr Egoismus

Ihr Egoismus tauchte immer wieder in sehr vielen verschiedenen Varianten auf. Sie erkannte ihn in einer bestimmten Ausprägung, kämpfte gegen ihn an und meinte, ihren Feind zu kennen. Dann, als sie damit beschäftigt war, ihn zu bekämpfen, tauchte er in einer anderen Form auf, oder besser gesagt, sie erkannte ihn in der Form von etwas, das ihr so vertraut und allgegenwärtig war, dass sie nie den Verdacht geschöpft hatte, dass auch dies eine Variante von Egoismus war. Ach, sagte sie dann immer, *das* ist also auch Egoismus.
War er wie ein Krebsgeschwür? – fast genauso! Denn wenn sie ihn an einer Stelle mit all ihrer Kraft bekämpfte, erkannte sie ihn an einer anderen Stelle wieder. Und während sie ihn an dieser Stelle bekämpfte, erkannte sie ihn an einer weiteren Stelle. Er war überall. Aber letztlich war er doch nicht wie ein Krebsgeschwür, denn er war schon immer da gewesen. Und sie würde wahrscheinlich nicht daran sterben.

## Drei Musketiere

Das Buch *Die drei Musketiere* kommt mit der Post. Es ist viel dicker, als wir erwartet hatten. Früh am nächsten Morgen sitzt eine seltsame, flauschige orangefarbene Katze auf der Feuertreppe und schaut zum Fenster rein. Ihre Augen sind groß und ängstlich. Wir denken, sie ist bloß eine fremde Katze auf Durchreise. Doch dann kommt eine andere Katze, diesmal grau und flauschig, die Feuerleiter herunter. Auch sie klettert auf die Fensterbank und schaut zum Fenster rein. An ihren Ohren hat sie hellere graue Haarbüschel und ist nicht ängstlich. Wir denken, es sind zwei junge Kätzchen, die die Nachbarschaft erkunden. Dann kommt eine dritte Katze die Feuerleiter herunter. Sie ist flauschig und schwarz. Sie klettert nicht auf die Fensterbank, sondern geht die Feuerleiter runter, hinter den anderen her. Eine Zeit lang bleiben die drei Katzen im Garten. Wir sehen zwei von ihnen, die graue und die schwarze, wie sie miteinander spielen. Die dritte, die orangefarbene, sitzt am Fuß eines Baumes, und wir denken, sie schaut zu. Dann erkennen wir, dass gar keine Katze dort sitzt und nur das frühe Sonnenlicht auf das orangefarbene Holz des Baumes scheint. Später sind die Katzen weg. Auf der anderen Seite der Straße, auf dem Feld, stehen drei schwarze Kühe. Sie sind aus dem Stall gekommen. Weil wir neu in diesem Haus sind, haben wir Geschenke bekommen: Drei unterschiedliche Bekannte haben uns Vasen für Blumen geschenkt – eine große, eine mittlere und eine kleine. Eine ist blau, eine grün und die letzte ist lila.

## Nachbarstarren

Pensionierter Stepptänzer führt seinen blinden alten Pudel aus dem Haus, um ihn in den frischen Schnee pinkeln zu lassen.
Zur gleichen Zeit verlässt Nachbar von nebenan, ein registrierter Sexualstraftäter, der erst kürzlich zugezogen ist, seine Mietwohnung durch die Seitentür.
Nachbar von nebenan schaut auf und sieht Stepptänzer und Hund.
Nachbar wirft Stepptänzer bösen Blick zu.
Pensionierter Stepptänzer sieht bösen Blick und wundert sich: Warum? Warum schaut der mich so an?
Während blinder Pudel pinkelt, fragt sich Stepptänzer: Ach, wahrscheinlich denkt er nur, dass ich einer dieser reichen Wochenendausflügler bin.

## Helens Vater und seine Zähne

Wir wussten nie, warum er ein Hemd mit zwei Taschen brauchte. Er rauchte. Aber das ist lange her.
Er brauchte eben eine Tasche für seine Zigarettenschachtel – auf der linken Seite.
Aber er brauchte unbedingt ein Hemd mit einer weiteren Tasche auf der rechten Seite.
Die Antwort war, dass sie für seine Zähne war – er konnte nicht essen, wenn er seine Zähne drin hatte.
Er nahm sie am Tisch heraus und steckte sie in seine Tasche.
Wir haben nie gesehen, wie er das gemacht hat.
Bis er seine neuen Zähne bekommen hat, aß er jahrelang gänzlich ohne Zähne. Er war daran gewöhnt. Er konnte alles essen – Maiskolben!
Dann bekam er seine neuen Zähne, und er konnte nicht mit ihnen essen. Er versuchte es und erstickte fast daran. Er musste sich fast übergeben.
Vielleicht war das auch alles eine Kopfsache.
Er hatte viele Sachen im Kopf.

## Spaß

Als wir die Einladung in die Hand nehmen und sie noch einmal lesen,
am Morgen danach,
sieht die Party immer noch nach Spaß aus,
auch wenn sie keinen Spaß gemacht hat.

## Die Nachforschung

Mein Fieber wurde immer schlimmer, und ich war nicht in der Lage, meine Nachforschungen fortzusetzen. Doch ich war sicher, dass ich ein gewisses Verständnis von Zeit und Geschichte erlangt hatte. Aber als ich später meine Notizen las, erschienen sie mir zusammenhanglos, durchzogen von Lücken und Ungereimtheiten. Was mir damals wie eine Offenbarung erschienen war, schien jetzt entweder offensichtlich oder unwahr. Ich war sicher, dass ich ein paar Dinge gelernt und ein gewisses Verständnis erlangt hatte, aber ich war nicht sicher, ob sich die Nachforschungen gelohnt hatten. Andererseits war es auch gut möglich, dass ich im Fieber etwas Wertvolles gelernt hatte, das ich in der vollen Klarheit meiner wiedererlangten Gesundheit aber noch nicht zu erkennen bereit war.

## In Wahrheit

••••••••••

Immer wenn sie »in Wahrheit« schrieb, ein Ausdruck, der für ihn, für sie aber nicht üblich war, musste sie an ihn denken, und da sie ihm dies gesagt hatte, und auch, dass sie den Ausdruck gerne benutzte, als Hommage an ihn, wusste sie, dass er, wenn er den von ihr geschriebenen Ausdruck lesen würde, wusste, dass sie an ihn gedacht hatte, und sie vermutete darüber hinaus, dass auch er, wann immer er nun selbst den Ausdruck »in Wahrheit« verwendete, an sie denken würde.

## Sich klein fühlen

Natürlich ist es in manchen Situationen schwerer, zu akzeptieren, dass man sich klein oder unbedeutend fühlt. Es ist schwerer, sich gegenüber Familienmitgliedern klein zu fühlen als gegenüber dem Universum und der Ewigkeit.

Es ist schwer, sich klein und trotzdem stark und gut zu fühlen. Man muss den Kreis schließen. Man mag sein Leben damit beginnen, sich klein und schlecht zu fühlen. Dann lernt man, sich größer und gut zu fühlen. Dann lernt man, sich wieder kleiner zu fühlen – und immer noch gut.

## Wiederkehrendes Rübenproblem

Während des Krieges hatte er eine Zeit lang nur Rüben zu essen gehabt. Jetzt isst er keine Rüben mehr. Das ist das Einzige, was er nicht isst. Doch seit Jahren haben ihre alten Freunde oben in Kanada das falsch verstanden. Sie glaubten, er möge Rüben gern, glaubten vielleicht sogar, dass er sie liebt.

Deshalb gibt es jedes Mal zu Thanksgiving, das die beiden Familien gemeinsam feiern, Rüben für ihn. Und jedes Mal zu Thanksgiving isst er sie.

## Singen lernen

Du bist Teil einer Gesangstruppe in der Nachbarschaft. Du singst mit den anderen zur Entspannung, zum Vergnügen, und nicht, um aufzutreten. Es macht dir Spaß, aber du bist nicht zufrieden mit der Art, wie du singst. Du möchtest zumindest lernen, dein Legato besser zu beherrschen, deine Dynamik, deine Phrasierung und vielleicht, wenn es geht, auch wie du deiner Stimme eine bessere Qualität verleihen kannst. Es fällt dir leicht, Noten zu lesen, und du singst in der richtigen Tonlage, aber deine Stimme ist dünn und schwach. Eine aus der Gruppe schlägt nach einer Weile vor, dass du dir vielleicht eine gute Gesangslehrerin suchen solltest. Sie nennt dir einen Namen.

Du denkst, es wird leicht sein, besser singen zu lernen. Du gehst zu dieser guten Lehrerin, nimmst Unterricht und übst. Sie lebt in der Nachbarstadt Richtung Norden, ist die Frau eines Pfarrers. Sie hat viel Erfahrung und war einst, unten in der Stadt, die Gesangslehrerin von Opernsängern. Der Unterricht findet in einem Raum im Pfarrhaus statt. Du denkst also, es ist selbstverständlich, dass du mit der Zeit lernen wirst, besser zu singen.

Doch so einfach ist das nicht. Du stellst schon in deinen ersten Unterrichtsstunden fest, dass das Problem, besser zu singen, die Überwindung vieler anderer Probleme beinhaltet, die du dir nie ausgemalt hättest: zunächst das Problem der Atmung und das Problem des richtigen Stands – wie du deinen Körper hältst, wie du deinen Hals hältst.

Du versuchst, eine Kerze anzupusten. So sollst du lernen, deinen Atem zu kontrollieren. Sie lässt dich gleichmäßig die Flamme einer Kerze anpusten, um zu sehen, ob du sie gleichmäßig flackern lassen kannst. Es ist zu heiß dafür, es ist mitten im Sommer, und es ist – oder fühlt sich an wie – der heißeste Sommer, den du je erlebt hast. Aber du tust es. Sie lässt dich deinen ganzen Atem ausstoßen, bevor du einatmest und singst. Du sollst einatmen, als würdest du die Luft durch einen Strohhalm einsaugen. Sie möchte, dass du dich selbst beim Einatmen im Spiegel beobachtest, während du dabei deine Schultern mit den Händen festhältst.

Du bist verspannt. Sie wirken innerlich so angespannt!, sagt sie. Sie bittet dich, die Knie nach außen zu drehen und zu wippen und deine Knie leicht gebeugt und flexibel zu halten. Dann holt sie ein kleines Trampolin und lässt dich darauf herumhüpfen. Sie lässt dich singen, während du springst. Das soll dich lockern. Sie sagt: Ja, ja! Sie leiht dir das Trampolin aus, du nimmst es mit nach Hause und hüpfst darauf in deinem Wohnzimmer auf und ab, während du deine Tonleitern singst.

Du singst Tonleitern und übst die Lieder, die sie dir aufgegeben hat. Das erste Stück ist eine Arie von Händel. Sie ist sehr bekannt, doch du kanntest sie bisher nicht. Es ist eine schöne Arie, die mit der offenen Silbe *La* beginnt, und die ersten Noten liegen angenehm in deinem Tonbereich. Du bist gerührt davon. Doch während du sie singst, sind die Töne, die du machst, nicht sehr angenehm für dich. Auf der Seite, die du liest, befinden sich Noten, die ein schönes Stück ergeben, doch es liegt jenseits deiner Fähigkeiten, diese Schönheit zu erzeugen. Es ist deine Stimme, die im Weg ist. Deine Stimme springt wie die Nadel einer Schallplatte. In einigen der hohen Töne krächzt sie manchmal. Sie ist wie etwas Gebrochenes. Sie bittet dich, dir vorzustellen, dass deine Stimme, während du die Melodie singst, ein endloser goldener Faden ist.

Deine Lehrerin leiht dir ein Buch, in dem steht, wie du dich entspannen kannst. Doch du bist zu ungeduldig, um die Übungen auszuprobieren. Du bist gerne aktiv, und zu lernen, sich zu entspannen, ist nicht aktiv genug für dich. Tag für Tag probierst du sie nicht aus. Du bist dir des Buches bewusst, das dort gut sichtbar vor dir liegt. Schließlich probierst du eine aus, und es scheint zu funktionieren. Du triffst einen guten Entschluss: jeden Tag machst du eine Übung, bevor du Singen übst. Jetzt fängst du an, dich vor den Singübungen zu fürchten, und fängst an, sie zu vermeiden. Also lässt du die Entspannungsübungen wieder sein. An manchen Tagen erfreust du dich am Klang deiner Stimme, wenn du wenigstens ein paar Töne singst. An anderen Tagen bist du sehr betrübt, spürst, wie dein Herz sinkt, und willst heulen. Die unangenehmen Töne sind so hörbar, so laut, so wahrnehmbar, selbst in deinem eigenen Wohnzimmer, in deiner Privatsphäre, in deinen eigenen Ohren.
Deine Lehrerin empfiehlt dir, die Alexandertechnik auszuprobieren. Du vereinbarst einen Termin mit der Lehrerin der Alexandertechnik, aber sie kommt sehr spät zum Termin, zu spät für die Sitzung. Du gehst erneut zu ihr. Sie sagt, deine Wirbelsäule sei sehr beweglich, aber du solltest deinen Hals nicht als etwas betrachten, das von der Wirbelsäule getrennt ist. Sie bespricht mit dir, wie du andere Menschen betrachtest und wie du dich betrachtest. Sie wirken innerlich so angespannt!, sagt die Lehrerin der Alexandertechnik. Sie wirken innerlich so angespannt!, sagt die Gesangslehrerin erneut.
Und warum sind Sie so kritisch?, fragt die Gesangslehrerin. Wer war in Ihrem Leben kritisch mit Ihnen? Du denkst darüber nach, aber nicht sehr lange. Natürlich weißt du, dass es deine Mutter war. Aber es war auch dein Vater – er hat deiner Mutter nicht widersprochen. Es war auch deine Schwester, manchmal – dein Bruder aber nicht.

Deine Lehrerin gibt dir ein Lied von Schubert auf. Du kennst die Lieder von Schubert sehr gut, und viele von ihnen gefallen dir – ihre Harmonien und Strukturen sind sehr zufriedenstellend, jedoch berühren sie dich nicht. Aber du hältst den Atem an, bevor du singst, und das solltest du nicht tun. Du nimmst einen Atemzug, einen kurzen, tiefen Atemzug und hältst den Atem an, um dann zu singen. Du solltest zuerst die ganze Luft ausstoßen, tief einatmen und sofort anfangen zu singen, als würdest du sofort auf der anderen Seite eines Hügels hinunterrollen.

Sie sind zu bemüht, sagt deine Lehrerin. Wer hat Sie dazu gebracht, sich so sehr zu bemühen in Ihrem Leben? Du bekommst ein Lied von Stefano Donaudy auf und dann ein weiteres Lied, eines von Fauré, das du noch nie gehört hast. Tatsächlich kanntest du die Lieder von Fauré gar nicht, nur das Requiem, und sie werden deine neuen Lieblingsstücke. Sie berühren dich mehr als die Lieder Schuberts. Du hörst sie dir immer und immer wieder an, gesungen von Véronique Gens.

Dein Hals ist trocken, also lässt dich die Lehrerin einen Schluck Wasser trinken. Du nimmst einen Schluck Wasser und rülpst dann mitten in einer Tonleiter. Du kannst nicht üben, ohne Wasser zu trinken, aber du kannst kein Wasser trinken, ohne aufzustoßen. Deine Lehrerin schlägt vor, über den Tag verteilt mehr klare Flüssigkeit zu trinken und frischen Meerrettich zu essen.

Dann schlägt sie vor, dass du einen Arzt aufsuchen sollst, um deine Nase und deinen Rachen untersuchen zu lassen und sicherzugehen, dass mit deinem Hals alles in Ordnung ist, denn manchmal versagt deine Stimme.

Du vereinbarst einen Termin. Du singst weitere Lieder von Fauré. Du hast nicht vergessen, über deine Verspannung nachzudenken, und darüber, warum du so angespannt bist. Doch es regt sich eine kleine Sorge: Wenn du aufhörst, angespannt zu sein, kannst du vielleicht nicht all die anderen Dinge in deinem Leben auf die Art und Weise machen, wie du sie immer gemacht hast. Willst du dich wirklich ändern? Willst du dich so sehr entspannen, dass du besser singen kannst, aber die Anspannung verlierst, die du brauchst, um all die anderen Dinge zu tun? Aber vielleicht wird das auch nicht passieren.

Du hoffst, dass der Hals-Nasen-Ohren-Arzt etwas herausfindet, was nicht in Ordnung, aber nur etwas Harmloses ist. Es sollte etwas sein, dass du einfach korrigieren kannst, sodass sich die Qualität deiner Stimme verbessert.

Du sitzt im Besprechungszimmer des Spezialisten mit einer kleinen Kamera in deinem Nasenloch. Ein junger Assistenzarzt betrachtet deinen Kehlkopf und bittet dich, einen Ton und dann einen höheren Ton zu singen. Der Arzt, der den jungen Assistenzarzt ausbildet, singt mit dir mit. Es stellt sich heraus, dass das Stimmproblem möglicherweise kein Stimmproblem ist, sondern ein Magenproblem, und man gibt dir einige Tabletten zur Einnahme, jeden Morgen eine. Am nächsten Morgen nimmst du eine. Dann, als du mehr über die möglichen Nebenwirkungen bei weiterer Einnahme nachliest, legst du die Tabletten weg und nimmst nie wieder eine.

Die Wochen vergehen, und du übst recht regelmäßig. Du übst im Wohnzimmer, im Stehen, immer, wenn du allein bist. Wenn jemand zufällig ins Haus kommt, erschrecken sie über deine Stimme, die so laut ist in dem kleinen Haus, und du hörst auf. Es kann sein, dass du besser wirst, ganz leicht. Was dies aber eigentlich bedeutet, ist, dass du die meiste Zeit singst wie immer, deine Stimme ist dünn und schwach, so-

gar zittrig, aber ab und zu sind ein paar Töne rund und voll, wenn auch noch nicht prächtig.
Deine Lehrerin sagt dir, du müssest lernen, aus der Brust zu singen, genauer gesagt aus dem Brustbein. Sie erzählt dir von etwas, was sie *appoggio* nennt, was, wie sie sagt, bedeutet, sich an den Ton anzulehnen.
Sie rät dir, im Sitzen zu singen, dich zurückzulehnen. Sie lässt dich im Sitzen singen, sodass das Gewicht deines Oberkörpers das Körperzentrum entlastet – obwohl du nicht weißt, was das bedeutet. Wenn du besser singst, fragt sie dich: Was haben Sie anders gemacht? Aber selbst, wenn dir der Klang, den du von dir gibst, gefällt, ist er in deinen Ohren dünn, was für dich jung bedeutet.
Du denkst, es geht auch darum, mehr wie eine Frau zu singen. Vielleicht hast du bisher wie ein junges Mädchen gesungen. Vielleicht bist du in Wirklichkeit eher ein Mädchen als eine Frau. Du weißt nicht genau, was du glaubst, was du bist. Es könnte auch sein, dass du dich für einen Jungen hältst, aber ganz sicher nicht, dass du dich für eine Frau hältst. Es ist schwer für dich, dich nicht wie ein Mädchen zu fühlen, wenn du vor dieser Lehrerin stehst, die größer ist als du und auch älter wirkt, weil sie eine Lehrerin ist, obwohl sie in Wirklichkeit jünger ist, wenn auch nur um ein paar Monate. In den ersten Unterrichtsstunden sagte sie immer wieder, wie klein du seist, obwohl du nicht jemand bist, den du jemals als klein bezeichnen würdest. Du bist dir fast sicher, auch wenn du sie nicht fragen willst, dass besser singen auch bedeutet, fraulicher zu sein, oder mehr wie eine Frau. Du fragst dich, ob es helfen würde, größer zu sein. Oder sich zumindest größer zu fühlen.
Als du die Lehrerin der Alexandertechnik noch einmal triffst, rät sie dir, zwei Kissen unter dein T-Shirt zu stecken, eins vor-

ne und eins hinten, und so zu singen. Die Gesangslehrerin deutet auf eine dralle Statue auf ihrem Klavier, um dir eine Idee davon zu vermitteln. Dafür ist es zu heiß, denkst du, es ist mitten im Sommer und dazu noch der heißeste Sommer seit vielen Jahren. Du tust es trotzdem, aber es ändert nichts an der Art, wie du singst. Du erwähnst dies gegenüber deiner Lehrerin. Deine Lehrerin lacht, weil du erwartest, dass alles immer sofort klappt.

Ein anderes Mal fragt sie dich, ob du geduldig bist. Innerhalb eines gewissen Rahmens kannst du geduldig sein.

Du versuchst nun zu lernen, aufrecht zu stehen und dein Kinn dabei nach unten zu halten, so wie sie es dir aufgetragen hat. Das sagst du ihr. Aber nicht zu weit nach unten, antwortet sie. Andererseits vergisst du immer wieder, deine Stimme in die Brust »fallen zu lassen«, in den Bereich des Brustbeins, das heißt, du vergisst immer wieder das *appoggio*, was, wie du dich erinnerst, »anlehnen« bedeutet.

Warum, fragst du dich, hat sie dir bis jetzt nicht gesagt, dass du die Triolen, drei gegen zwei, nicht ganz so bewusst, so korrekt, singen solltest? Du verstehst nicht, wie sich dies beheben lässt. Dann glaubst du doch, dass du verstehst, was sie meint, als du Véronique Gens beim Singen des ersten Fauré-Liedes genauer zuhörst. Du wünschst dir, wieder mal, dass deine Stimme gut genug wäre, damit du dich mit deiner Lehrerin auf musikalische Interpretation konzentrieren könntest und nicht einfach nur darauf, einen akzeptablen Klang zu erzeugen.

Nach einigen Monaten, die sich über den Herbst und Winter und bis ins Frühjahr erstrecken, ist es an der Zeit, sich auf ein Konzert vorzubereiten. Du bist nicht die Einzige, die bei deiner Gesangslehrerin Unterricht genommen hat. Die meisten ihrer Schülerinnen und Schüler sind in der Highschool

– es gibt nur eine weitere ältere Frau. Manche von ihnen singen gut, und es gibt einen Tenor mit einer wirklich schönen Stimme. Wenn du ihm beim Singen zuhörst, verstehst du, was es bedeutet, fast zu Tränen gerührt zu sein, allein durch die Qualität einer Stimme. All ihre Schülerinnen und Schüler werden an dem Konzert teilnehmen. Auch du willst das – du weißt, es ist eine gute Sache, auf einen Auftritt hinzuarbeiten. Jetzt gibt es mehr Übungsstunden, und dann folgt die Probe. Bei der Aufführung sollst du die Rolle einer der *Damen der Königin der Nacht* spielen. Das ist für dich in Ordnung. Du singst gern im Chor, deshalb bist du ja überhaupt erst der Gesangstruppe in der Nachbarschaft beigetreten. Jede Schülerin und jeder Schüler soll aber auch ein Solo singen, und deine Lehrerin hat dich gebeten, die Händel-Arie zu singen, die du während deiner ersten Unterrichtsstunden gelernt hast. Du sagst zu, denn du bist der Meinung, dies tue wahrscheinlich deiner musikalischen Praxis wie auch deinem Charakter gut, und dennoch bist du aufgeregt. Sie bringt dir die kleinen Verzierungen bei, die du bei Phrasenwiederholungen hinzufügen sollst, und sie übt mit dir bestimmte ausdrucksstarke Handgesten ein, die dir jedoch ziemlich affektiert vorkommen.
Du wärst nicht so aufgeregt, wenn du die Arie einfach auswendig und exakt, wenn auch nicht ganz so gut, durchsingen könntest. Doch neben dem Auswendigsingen gibt es noch eine weitere Herausforderung. Die Arie hat einen ziemlich hohen Ton, den man nach dem Sprung über ein großes Intervall treffen muss. Es ist unmöglich, sicher zu sein, dass du diesen Ton erfolgreich treffen wirst, ohne zu krächzen. Etwa die Hälfte der Zeit, wenn du allein zu Hause übst, krächzt du beim Singen nicht und etwa die andere Hälfte der Zeit tust du es. Du kannst dir vorstellen, dass du auf der Bühne, in der Kirche, vor dem versammelten Publikum, angespannter

sein wirst, auch wenn es sich hauptsächlich um Familien und Bekannte der jungen Sängerinnen und Sänger handeln wird. Du wirst dort allein sein, abgesehen von deiner Lehrerin, die dich am Klavier neben dir begleitet. Du wirst allein sein mit einer fünfzigprozentigen Chance, ein peinliches Krächzen von dir zu geben. Dennoch bist du bereit, es zu versuchen.

Das Konzert findet statt, und bei der Veranstaltung schneiden die Schülerinnen und Schüler gut ab. Die Lehrerin hat sie genauestens darauf vorbereitet. Nach dem Stück, in dem du die Rolle der Dame der Königin spielst, ziehst du dein Kostüm aus und schlüpfst in deine formelle Auftrittskleidung und stehst hinter der Bühne und wartest darauf, dass du mit dem Singen der Arie an der Reihe bist. Du bist natürlich aufgeregt, aber damit hast du gerechnet. Dann gehst du auf die Bühne, und du singst die Arie. Du vergisst nichts davon, obwohl du kurz davor bist, etwas zu vergessen. Du erinnerst dich an die Gesten und die Ausschmückungen. Wenn der Moment kommt, in dem du den hohen Ton treffen musst, triffst du ihn ohne ein Krächzen, wenn auch nicht mit einem schönen Klang, und zu deiner großen Erleichterung singst du die Arie zu Ende. Nachdem der höfliche Beifall verklungen ist, wendet sich deine Lehrerin unauffällig ans Publikum und teilt ihm mit, dass du erst im vergangenen Sommer mit dem Unterricht begonnen und noch nie ein Solo bei einer öffentlichen Aufführung gesungen hast. Du weißt, dass sie stolz auf dich ist. Das Publikum applaudiert noch einmal höflich.

Nach dem Konzert wird der Unterricht pausieren, denn der Sommer ist zurück, die Schülerinnen und Schüler der Highschool haben Sommerjobs, und sowohl du als auch die Lehrerin müssen sich eine Weile lang von den intensiven Übungsstunden und Proben erholen. Ein oder zwei Monate später kehrst du ins Pfarrhaus zurück, aber jetzt bereitest du dich

darauf vor, aus dieser Gegend wegzuziehen, und wenn du das tust, wird dein Wegzug ein natürliches Ende des Gesangsunterrichts bedeuten. Du behältst die Erkenntnis darüber, dass es nicht einfach sein wird, deine Gesangsfähigkeiten zu verbessern, falls du es noch einmal versuchen würdest. Du hast nicht länger die Illusion, dass du durch Unterricht und Fleiß deinen Gesang stetig verbessern kannst. Und trotzdem, vielleicht wirst du es noch einmal versuchen.
Wenn du an das Konzert zurückdenkst, erfüllt dich noch immer die gleiche Angst und Aufregung, denn es gab keine Garantie dafür, dass du diesen Ton mit Anmut treffen würdest. Es stimmt, dass du hart an dem Stück gearbeitet und auf der Bühne alles dafür getan hast, jeden Ton der Arie so zu singen, wie man es dir beigebracht hatte, aber es blieb immer auch ein Stück weit Zufall, dass du sie erfolgreich singst. Du hättest genauso gut ein schreckliches Krächzen von dir geben können, als du den hohen Ton trafst. Dieser Ton wäre im Raum völlig isoliert gewesen, und so auch in der Aufmerksamkeit aller Zuhörenden, isolierter als jeder Ton, den du jemals von dir gegeben hast, und er wäre durch die weiten Räume der Kirche gehallt, und zwar als deine Blamage. Deshalb hörst du ihn in deiner Vorstellung noch immer und leidest darunter, auch wenn die Aufführung inzwischen zum Glück der Vergangenheit angehört.

Es gibt eine Coda zu dieser Geschichte. Ein paar Jahre nach deinem Umzug an den neuen Ort spielst du bald gelegentlich bei einer Instrumentalgruppe mit, in der das Singen freiwillig ist – mit anderen Worten, man kann zu dem, was man spielt, mitsingen, muss man aber nicht. Viele in der Gruppe singen nicht, weil sie sich so sehr darauf konzentrieren, die richtigen Akkorde auf ihrem Instrument zu spielen, und sie sind die meiste Zeit über die Bünde ihrer Instrumente gebeugt. Ein Mitglied der Gruppe ist eine sehr alte Frau, mindestens zwanzig Jahre älter als du. Ihre Hände sind knorrig vor Arthritis, sodass sie erfindungsreiche Positionen finden muss, um ihr Instrument zu halten und zu spielen. Sie ist eine begeisterte und stete Teilnehmerin, auch wenn sie meist früher geht, weil sie müde wird. Aber es ist ihre Herangehensweise an das Singen, die dir auffällt. Sie hat keine gute Stimme, und doch singt sie bereitwillig ein Lieblingslied vor, um zu sehen, ob die Gruppe es vielleicht lernen möchte. Man teilt dir mit, dass sie auch öffentlich, bei einem »Open Mic«, vor Publikum singt. Ihre Stimme ist dünn, angestrengt, kratzig. Du kannst nicht sagen, womit man ihre hohen Töne vergleichen könnte – vielleicht mit einem Angstschrei. Aber sie ist kühn und unbekümmert, mit ihrem Kopf voller lockigem weißem Haar, ihrem strahlenden Gesicht, ihrem gebeugten Rücken. Sie singt gerne diese Lieder, und sie kennt viele. Und die Gruppe hört ihr gerne zu – es ist ihre Freude an der Musik, die alle schätzen, ihr gutes Textgedächtnis und ihr ausdrucksstarker Charakter. So etwas hast du noch nie erlebt – jemanden, der mit einer so schwachen Stimme kühn und selbstbewusst singt –, und es ist eine Überraschung, die dich nachdenklich macht. Du hättest immer noch gerne eine angenehmere Stimme, aber vielleicht hast du nun weniger Angst davor, kühn und selbstbewusst zu singen, gerade so wie die sehr alte Frau, einfach nur mit der Stimme, die du hast, so wie sie eben ist.

## Aber letztlich ist dies die notwendige erste Phase seiner Bauarbeiten

Bitte, Herr Wespe,
hören Sie auf, an meiner Bank herumzukauen,
während ich hier draußen versuche zu lesen!
(Oder Frau.)

## Zwei Bürgermeister und ein Wort

Bei einer monatlichen Versammlung steht der ehemalige Bürgermeister unserer Stadt auf und bringt einen Einwand vor.
Er echauffiert sich in der Öffentlichkeit über den amtierenden Bürgermeister.
Der ehemalige Bürgermeister beanstandet die Verwendung eines bestimmten Wortes durch den amtierenden Bürgermeister:
Diese besteht in einer falschen Negation, sagt er, und hat in einem städtischen Dokument nichts zu suchen.

Der amtierende Bürgermeister gibt schnell nach, allerdings mit einem Lächeln, dessen Bedeutung wir nicht lesen können, und ändert das Dokument.
(Das betreffende Wort lautet: *unrelevant.*)

## Neue Dinge in meinem Leben

Ich brauche so lange, um mich an neue Dinge in meinem Leben zu gewöhnen, dass ich meinen Mann, wenn ich müde bin, mit dem Namen dieses anderen Mannes, den ich mal hatte, anspreche, obwohl das schon lange her ist, und den neuen Sohn mit dem Namen des ersten Sohnes, der schon zehn lange Jahre in meinem Leben gewesen war, bevor dieser hier kam. Aber es ist noch schlimmer, denn wenn ich noch müder bin, erinnere ich mich nur an den anderen Ehemann und den ersten Sohn.
Als ich diesen anderen Mann heiratete, hatte ich mich noch nicht daran gewöhnt, ein achtzehnjähriges Mädchen zu sein, sondern dachte, ich sei noch jünger, vielleicht zwölf, und dass er mein älterer Bruder wäre, und ich hänselte ihn wie eine kleine Schwester, bis er mich wegstieß. Und dann, als mein erster Sohn geboren wurde, war ich noch nicht daran gewöhnt, eine neunundzwanzigjährige Frau zu sein, sondern dachte, ich sei jünger, vielleicht ein achtzehnjähriges Mädchen, eigentlich noch ein Kind, und nicht alt genug, um eine gute Mutter zu sein.
Jetzt sehe ich eine junge Frau mit ihrer Mutter vor mir stehen, und ich denke, dass ihre Mutter auch meine Mutter sein könnte, sie könnte unsere gemeinsame Mutter sein, weil ich denke, dass ich noch eine junge Frau bin, obwohl ich genauso alt bin wie diese Mutter. Es kann lange dauern, bis ich begreife, dass ich genauso alt bin wie diese Mutter jetzt. Aber bis dahin werde ich noch älter sein und werde das Falsche begriffen haben.
Ich schaue eine andere Frau mittleren Alters an, eine mütterliche Frau, und denke, sie könnte meine Mutter sein, obwohl

ich fast so alt bin wie sie. Aber wenn ich begreife, dass sie doch nicht meine Mutter sein kann, dann verliere ich nicht nur diese Frau als Mutter, die jetzt meine Mutter hätte sein können, sondern ich verliere auch meine eigene Mutter, wie sie in diesem Alter war.

Wenn ich mir andere mütterliche Frauen dieses Alters anschaue und dabei denke, dass sie meine Mutter sein könnten, und mir dabei wünsche, dass sie meine Mutter wären, dass sie in mein Leben kommen oder in mein Leben zurückkommen könnten, um sich um mich zu kümmern, dann vergesse ich immer wieder, dass ich jetzt noch älter bin, als sie es sind.

Ich kann mich nicht an das Verschwinden meiner Mutter gewöhnen, und auch nicht an das Verschwinden meines Vaters, die sich auf ihre Weise um die Dinge gekümmert haben, und die sich um mich gekümmert haben, und um uns alle; die Pläne machten und sie wieder verwarfen; die sich mit dem Auto verfahren und wieder zurückgefunden haben; die ihre Schlüssel zum Haus, zum Auto und zum Hotelzimmer verloren und sie wiedergefunden haben. Ich kann mich nicht an das Verschwinden der schönen älteren Schwester gewöhnen, die von schick gekleideten College-Männern umworben wurde, oder an das Verschwinden des älteren Bruders, dem Highschool-Schüler, mit seiner lateinischen Grammatik und seinem Handbuch fürs Zehn-Finger-System und seinem Cello. Manchmal vergesse ich, dass ich überhaupt eine Frau bin, und in diesen Momenten befinde ich mich nicht in diesem Frauenkörper mit seinen vielen Alterserscheinungen, sondern in einem kleineren Körper, einem Körper von halber Größe, einem Körper ohne Geschlecht oder nicht viel davon, einem Körper, der einfach nur in den sonnenbeschienenen Garten gehen und auf den Apfelbaum klettern will.

## Nicht viel zu erzählen

David schreibt mir eine Nachricht, die mir von Carol überbracht wird. Darin erzählt er mir von einer Frau in einem Recyclingzentrum eines Supermarkts, die versucht, Shampooflaschen zurückzugeben und dafür Geld zu bekommen. Er glaubt, dass mich das interessiert. Tut es.
Ich schreibe per E-Mail: Bitte erzähl mir mehr.
Er antwortet per E-Mail: Ach, das ist alles, was es zu erzählen gibt. Mehr gibt's da nicht.
Ich frage: Wann war das? Und wo? Wie viele Flaschen? Warum hat sie das gemacht? Was haben die anderen Leute gemacht?
Er gibt nach und schickt mir eine weitere Nachricht mit der Betreffzeile: »Nicht viel zu erzählen.« In der Nachricht steht:
Zeit – früher Morgen, nach dem Frühstück, wenn die alten komischen Käuze gern einkaufen gehen.
Ort – enger Gang bei der Flaschenrückgabe im Price-Chopper-Supermarkt in Watertown, klebrige Böden, schaler Biergeruch.
Figur – Frau in den Fünfzigern, die eine Plastiktüte mit wiederverwertbaren Gegenständen in der Hand hat und versucht, fünf Cent für eine Shampooflasche zu bekommen. Sie hat kein Glück, aber sie ärgert sich nicht und versucht es mit anderen Flaschen. Schließlich beugt sich ein Mann in der Nähe zu ihr hin, flüstert ihr etwas ins Ohr, und sie hört damit auf.

## Spätnachmittag

Wie lang der Schatten ist,
der sich über die Theke legt,
geworfen von diesem Salzkorn.

## Sorgen um den Arm des Vaters

Wie werden wir das Problem lösen, dass Vater auf seinem rechten Arm schläft? Er hat es nicht bequem, sein Arm ist unter ihm eingeklemmt, er schmerzt ihn, weil der Arm gegen seine Rippen drückt, der Schmerz entsteht durch das Gewicht seines Körpers, das auf dem Arm lastet. Er erzählt uns das mit einem leichten Lächeln, als wolle er sagen, es sei nicht wichtig und nicht unser Problem.

Vater ist schon vor vielen Jahren gestorben. Aber das Problem ist immer noch in meinen Gedanken, ungelöst, auch wenn Vater mittlerweile nicht mehr versucht, bequem zu schlafen, und in Wahrheit keinen Arm mehr hat.

## Opportunistisches Samenkorn

Sie hält ihm die Tür auf, als er eine Kiste mit Wein ins Haus trägt.
Ein Samenkorn, das in seinem Flaum herumschwebt, nutzt die Gelegenheit, um hinter ihm das Haus zu betreten
(obwohl sich dies für das Samenkorn nicht als guter Zug erweisen wird).

## Unser junger Nachbar und sein kleines blaues Auto

Unser junger Nachbar und sein lautes kleines blaues Auto: wie er frühmorgens damit die Straßen hier in der Gegend rauf und runter rast. Eigentlich fährt er nirgendwo hin, und er testet auch nicht seinen Motor, wie er es manchmal in seinem Hinterhof tut. Vor Morgengrauen rauscht er an unserem Haus vorbei, bis zum Ende unserer Straße, und biegt dann nach Norden auf die Hauptstraße ab, am Deli vorbei. Wir hören, wie das Geräusch seines Motors leiser und leiser wird und dann verschwindet. Sicherlich werden alle entlang seiner Strecke davon aufgeweckt und aufgescheucht. Nachdem er zehn Minuten unterwegs war, dreht er um und fährt zurück nach Hause. Wir hören erneut seinen Motor, zuerst ganz schwach von der Stille ummantelt, dann wird er lauter und lauter, bis er uns überwältigt. Ganz bestimmt hat er in der Ferne an uns gedacht, dass wir dankbar eingeschlafen sind und dass er uns jetzt wieder aufscheuchen kann. Und sobald er eine Weile zu Hause ist, denkt er bestimmt an die vielen Häuser an der Hauptstraße, wo sicherlich auch einige Leute dankbar wieder eingeschlafen sind, und er hat ganz bestimmt das Gefühl, dass es an der Zeit ist, mit seinem Auto wieder rauszufahren auf unsere Straße, bis an deren Ende, und dann wieder die Hauptstraße rauf, am Deli vorbei. Und dann, nach kurzer Zeit, einige Meilen entfernt, erinnert er sich ganz bestimmt wieder an unsere Straße, mit ihren friedlichen Heufeldern, den Wiesen und Wäldern, den Vorgärten im aufhellenden Morgengrauen, wenn der Tau auf dem Gras gerade zu glänzen beginnt, und dann ist er angetrieben, zurückzukeh-

ren, um uns etwas Leben einzuhauchen, und so dreht er um, und noch einmal hören wir seinen Motor, erst leise in der Stille, dann lauter und lauter, bis er uns überwältigt.
Vielleicht ist er aber auch nur unser Stadtausrufer, der seine Runden dreht. Alles ist gut!

## Diese zwei lauten Frauen

Diese zwei lauten Frauen –
Wenn sie schon so ununterbrochen im Zug neben mir reden müssen,
könnten sie wenigstens ein interessantes Gespräch führen,
eines, das ich gerne belauschen würde!

## Winterbrief

Liebe Kinder,

ich will versuchen, hier nicht ewig zu schreiben, weil euer Dad unruhig wird, wenn ich zu lange mit etwas beschäftigt bin. Also erzähle ich euch einfach, was wir so getrieben haben. Es war sehr kalt, und es hat viel geschneit, deshalb waren wir viel drinnen. Wir versuchen, uns gesund zu ernähren, und unsere beste neue Entdeckung ist, ratet mal … Radieschen! Euer Dad bringt sie jede Woche aus dem Laden mit. Es gibt sie in allen möglichen Farben, und ich koche sogar das Blattgrün der Radieschen. Und noch was: Ich mache jetzt auch mein eigenes Apfelmus. Wir haben es immer in Gläsern gekauft, aber dann habe ich irgendwann mal aufs Etikett geschaut, und was glaubt ihr, was ich entdeckt habe? Die Äpfel werden oben in Kanada angebaut und dann nach Kalifornien gebracht, das Apfelmus wird im kalifornischen Santa Cruz hergestellt und dann zurück in den Osten transportiert. Und wir sind doch hier mitten in der Apfelgegend! Also mache ich jetzt mein eigenes.
Dann habe ich angefangen, die Etiketten all der Lebensmittel, die wir kaufen, anzuschauen. Könnt ihr glauben, dass die Gemüsebrühwürfel, die ich so gerne habe, aus der Schweiz kommen! Und die Semmelbrösel, die euer Dad am liebsten hat, werden in Japan hergestellt. Semmelbrösel! – Das ist doch einfach nur erbärmlich.
Also mache ich jetzt mehr von unserem Essen komplett selbst. Ich sitze jetzt auch auf einem anderen Stuhl am Küchentisch.

Ich musste mich einmal umsetzen, weil eine der Katzen auf meinem Stuhl gesessen hat, und dann habe ich festgestellt, dass ich lieber auf die Bäume vor dem Fenster schaue als auf die Regale mit dem Geschirr. Das werden wir jetzt also mal ausprobieren.
Ich weiß, dass das nicht besonders aufregend ist, aber es ist unser Leben.
Ein Wort über die wilden Tiere – hier im Haus! Es gibt so viele Marienkäfer in der Küche. Es fällt immer einer auf die Arbeitsplatte. Ich weiß nie, ob es derselbe ist. Ich schaue mir gerne an, was sie so tun, wie sie auf ihren kleinen Beinchen herumlaufen. Ich habe sie in unserem Insektenbuch nachgeschlagen, und da stand, sie fressen nur Blattläuse, aber das stimmt nicht. Ich habe sie Marmelade, Katzenfutter, Kopfsalat und Sellerie probieren lassen. Das mögen sie alles.
Ich schaue mir gerne an, wie sie sich umdrehen, wenn sie auf dem Rücken liegen. Zuerst wedeln sie mit den Beinchen in der Luft rum und versuchen, sich an etwas festzuhalten, und wenn das nicht klappt, öffnen sie ihre Flügel zu den Seiten und rollen sich sozusagen rum.
Ich versuche, jeden Tag zumindest kurz nach draußen zu gehen, egal wie kalt es ist. Im Garten ist es ein bisschen langweilig, aber ich gehe trotzdem ein paar Mal durch den ganzen Garten. Ich schaue mir ganz sorgfältig die Tierspuren im Schnee an. Normalerweise sehe ich nur Kaninchenspuren, aber einmal habe ich Opossumspuren gesehen, die an der Scheune vorbeigingen. Zumindest dachte ich, sie könnten vom Opossum sein, und als ich das drinnen nachgeschlagen habe, hatte ich recht. Ihre kleinen Zehen zeigen in alle Richtungen wie Sterne.
Ich wollte ein paar Vogelnester sammeln, die man im Winter viel leichter findet, aber euer Dad sagte, sie könnten stinken oder Krankheiten übertragen, zum Beispiel die Vogelgrippe.

Es gibt schon auch Sachen, die uns stören. Euer Dad hat immer noch nicht die kleine weinfarbene Stofftasche gefunden, die ihr ihm zu Weihnachten geschenkt habt, seine Lieblingstasche, die er immer mitgenommen hat, um die Post zu holen. Ich sage ihm, dass es viele andere Taschen gibt, aber er will eben diese eine haben. Und die Katzen – manchmal finden wir morgens eine Pfütze auf dem Boden oder etwas Erbrochenes, oder sie haben das Klopapier abgerollt und auf dem Boden verteilt.

Wir sind den ganzen Tag über zusammen, und das kann schon anstrengend sein. Wir sind uns bei manchen Sachen nicht einig, zum Beispiel welches Katzenstreu wir benutzen sollen oder wann wir zu Abend essen. Manchmal versuche ich, an unserer Beziehung zu arbeiten – das heißt, freundlicher zu sein –, aber euer Dad ist immer mehr oder weniger derselbe, ob im Sommer oder im Winter, er ist freundlich, außer wenn er schlecht gelaunt ist. Dann wirft er mir Dinge vor, wie, ob ich versucht hab, den Duschkopf zu verstellen?

Eine Sache, auf die ich mich freue, ist ein Ausflug, den wir in ein paar Tagen unternehmen, in die örtliche Bücherei. Euer Dad ist immer ziemlich gut drauf, wenn wir aus dem Haus gehen, ja, es stimmt, dass er immer besser drauf ist, je weiter weg wir gehen, nur gehen wir nie so richtig weit weg.

Apropos Ausflüge: ihr wolltet ja mehr über unseren Ausflug ins Hill Country in Texas im Oktober hören. Ich will euch jetzt davon erzählen, bevor ich es komplett vergesse. Ihr wisst, dass wir dort gewesen sind und dass es viel geregnet hat, aber ich habe euch nicht die ganze Geschichte erzählt.

Wie ihr wisst, waren wir dort unten, um uns ein paar Tage lang die Vegetation anzuschauen und um meine Freundin Bea zu besuchen und ihr neues Haus und ihren Hund (und ihren Mann). Nun ja, die Reise runter war ganz okay. Wir

haben uns ein Sandwich und ein paar Chips im Flugzeug geteilt, dann haben wir beide unsere Flugzeug-Zeitschriften angeschaut – euer Dad breitet gern die ausklappbare Karte aus, um herauszufinden, wo wir gerade sind, und dann hat euer Dad seine Sudoku-Rätsel gelöst, während ich mein Michael-Crichton-Buch gelesen hab (und dabei bin ich eingeschlafen, wie mir euer Dad später erzählt hat, und ich hätte trotzdem kerzengerade dagesessen und meinen Finger wie ein Lesezeichen im Buch gehabt!).
Bea hat uns am Flughafen abgeholt und direkt zu ihrem Haus gefahren. Wir hatten geplant, den ersten Abend mit ihr zu verbringen und am nächsten Tag in der Pension zu bleiben, weil Bea zu tun hatte. Dann wollten wir den Tag darauf wieder mit Bea verbringen. Das hat aber nicht geklappt.
Wir hatten viel Spaß beim Anschauen von Beas Haus, und wir haben mit ihrem süßen kleinen Hund Henry gespielt. Henry kann einen Trick, bei dem Bea sein Spielzeug fest in ein Handtuch einwickelt und es auf den Boden wirft, und Henry packt dann das Handtuch aus und findet das Spielzeug. Ihr Haus liegt in einer schönen Gegend und hat sie eine Menge Geld gekostet, hat sie gesagt, weil jetzt alle nach Austin ziehen. Sie mussten zwei Kredite aufnehmen. Kann ich mir nur allzu gut vorstellen. Wir hatten ihren Mann vorher noch nicht kennengelernt, und wir saßen in ihrem Wohnzimmer und unterhielten uns jetzt ein bisschen mit ihm. Er wirkte nett. Er hat einen Schreibtisch, an dem er im Stehen arbeitet! Dann sind Bea und ich zum Essen in ein japanisches Restaurant gegangen. Euer Dad und ihr Mann hatten angefangen, über irgendwas Interessantes zu reden, also beschlossen sie, einfach zu Hause zu bleiben, ein paar Bier zu trinken und sich ein Sandwich zu machen (American Style!). In dem japanischen Restaurant bringen die Kellner alle möglichen

Gänge, die der Koch für einen auswählt, in ganz kleinen Portionen. So isst Bea jetzt immer. Es war schon sehr interessant. Dann hat uns Bea zur Pension gefahren, die sie im Dunkeln nur mit Mühe gefunden hat – und, meine Güte, es war so dunkel! Die Unterkunft liegt am Ende einer langen, gewundenen Straße durch Ranchland. Da waren wir dann auch schon bereit fürs Bett. Aber wir haben nicht so richtig gut geschlafen, weil das Bett sehr, sehr weich war, mit einer dieser Matratzenschoner unter dem Laken, und dazu war die Bettdecke auch noch sehr schwer. Ich habe das Gefühl, dass die Leute in Texas die ganze Zeit ihre Klimaanlage anhaben, ganz egal, wie die Temperatur draußen ist, und dann müssen sie eben unter all diesem schweren Bettzeug schlafen.

Naja, wir schlafen gern auf einer festen Matratze ohne Schlafdecke und haben das Fenster offen. Also habe ich am nächsten Morgen das Bett ganz neu gemacht. Euer Dad konnte das nicht mitansehen – ihr wisst ja, wie sehr er es hasst, wenn ich meine fanatischen Momente hab. Also machte er einen kleinen Spaziergang ums Haus. Als ich fertig war, nahm er mich mit nach draußen und zeigte mir, was er entdeckt hatte – einen riesigen Gemüsegarten, den sie neben der Einfahrt hatten. Ich war begeistert.

Die Pension ist wirklich schön. Sie besteht aus mehreren zweistöckigen Holzgebäuden mit offenen Balkonen vorne und hinten. (Unser Zimmer war in der zweiten Etage.) Sie liegt oben auf einem Hügel mit viel Land drumherum – rund 30 Hektar, was in Texas natürlich nicht viel ist. Wie wir erfahren haben, als wir dort waren, sollen selbst 1500 Hektar in Texas früher nicht viel gewesen sein. Aber die Zeiten haben sich geändert.

Wir wussten, dass es Führungen über die Ranch gab, und wir hatten uns für eine angemeldet, weil wir den Tag allein verbringen wollten. Eigentlich ist es eine Tour durchs Hill Country selbst – Pflanzen und Tiere usw. Die Führung dauert zwei Stunden. Man wird in einem Jeep ganz langsam und in einiger Entfernung von den Hauptgebäuden durch die verschiedenen Teile der Ranch gefahren. Ab und zu wird der Jeep dann angehalten, damit man aussteigen, sich die Beine vertreten und sich die Dinge ein bisschen genauer ansehen kann. Sie beantworten dir jede Frage, die dich interessiert, aber sie reden nicht zu viel, was ganz schön ist. (Ich hab natürlich eine Menge Fragen gestellt.) Ich saß vorne beim Fahrer, der eigentlich der Besitzer der Ranch war, und euer Dad saß auf dem Rücksitz mit ein paar anderen Gästen und einem jungen Angestellten von der Pension, der mitgekommen ist, um die Tore zu öffnen. Einige der Wege, über die wir fuhren, waren ziemlich holprig, und wir mussten uns festhalten, um nicht rausgeworfen zu werden – ein tolles Erlebnis, mit viel Rütteln!

Um zehn Uhr gings los. Zuerst fuhren wir am Bach entlang, um zu sehen, wo es letztes Frühjahr die Überschwemmungen gegeben hat – es sind wirklich eine Menge Bäume ausgerissen worden. Da lag ein toter Baum herum, und er war voll mit Bussarden. Der Fahrer (Besitzer), Pete, sagte, dass die Vögel vor der Flut in genau denselben Bäumen saßen, als sie (die Bäume) noch am Leben waren und aufrecht standen. Wir stiegen aus und gingen runter zum Wasser. Die Vögel sind aufgeflogen und eine Zeit lang über uns gekreist, dann landeten sie auf einem anderen Baum, der weiter entfernt war. Es waren zwei Arten von Bussarden, fast die gleichen, aber wenn sie in der Luft sind, kann man ein anderes Muster auf ihren Flügeln erkennen. Pete hat uns noch mehr über die Überschwemmung und den Fluss selbst erzählt, und dann haben wir uns wieder in den Jeep gesetzt und sind weitergefahren.

Wir fuhren durch Gebiete, in denen Ziegen und Rinder weideten und Pferde. Wir mussten immer wieder anhalten, damit dieser junge Mann, Jeffrey oder Jeremy, die Tore öffnen und wieder hinter uns schließen konnte. Er war sehr nett und tatkräftig. Die Hauptvegetation bestand aus Eichen und jeder Menge Feigenkakteen, was ich eine seltsame Kombination finde.
Ein weiteres Mal hielten wir dann hoch oben an einer Aussichtsplattform mit Blick zum Fluss an. Am Geländer wehte eine Texas-Flagge – sie war ein bisschen zerlumpt, muss ich sagen. Dann hielten wir am höchsten Punkt des Areals an, wo sie eine kleine Hütte gebaut hatten, die man für ein Wochenende mieten konnte – wenn es einem nichts ausmacht, keinen elektrischen Strom zu haben und ein Plumpsklo zu benutzen!
Tatsächlich brachte mich das dazu, mit Pete über Kompost-Toiletten zu reden. Ich habe sogar eine benutzt. Sie sind so leise und riechen überhaupt nicht. Ich dachte, die Pension sollte doch welche aufstellen, vor allem, weil Dürre und Wasserknappheit ein Problem werden könnten. Allerdings schien das Pete nicht richtig zu interessieren, und ich wusste, dass diese Unterhaltung eurem Dad, trotz seines bestimmt höflichen Lächelns da hinten auf dem Rücksitz, keine Freude bereitet hat. Dann unterbrach er mich, um Pete eine Frage über das Design der texanischen Flagge zu stellen. Ich hab den Wink mit dem Zaunpfahl verstanden und aufgehört über Toiletten zu reden.
Gegen Ende der Tour hatten wir das Glück, einen Roadrunner zu sehen, der über den Weg gerannt kam, fast direkt vor unserem Jeep. Eigentlich hat ihn außer mir niemand gesehen (nur noch der Fahrer). Ich hab noch nie zuvor einen zu Gesicht gekriegt. Sie sind dunkelbraun und nicht sehr groß, mit

langen geraden Schwanzfedern, die hinten abstehen. Ich hab später nachgeschaut – in unserem Zimmer lag ein Vogelbuch –, und es stimmt wirklich, dass sie nicht fliegen können, sie laufen nur. Wir haben auch einmal eine ganze Wolke von kleinen gelben Schmetterlingen gesehen, direkt vor uns, oder vielleicht waren sie auch weiß. Sie ernähren sich von Kojotenmist, hat Pete gesagt. Gegen Mittag waren wir dann wieder in unserer Pension.

Der Rest des Tages war entspannter. Nach dem Mittagessen haben wir die Pension selbst erkundet – sie haben eine kleine Bibliothek mit einigen Regalen zu Militärgeschichte, die euren Dad sehr interessiert haben –, und dann haben wir uns die Broschüren und anderes Infomaterial in unserem Zimmer angeschaut. Dann haben wir uns ein wenig hingelegt und gelesen und ein Nickerchen gemacht. Das Abendessen war sehr gut – hier gibt es scheinbar das beste Restaurant weit und breit –, und nach dem Essen haben wir uns mit einigen anderen Gästen auf der hinteren Veranda unterhalten. Sie waren ziemlich nett. Wir hatten gedacht, Leute aus dem ganzen Land wären hier, um das texanische Hill Country zu besuchen, aber die meisten dieser Leute schienen aus Houston zu kommen. Unten in Texas haben sie echt einen ganz anderen Akzent. Statt »sleep« sagen sie »slape«. Statt »green« sagen sie »grane«. Dad hat sich mit einem Mann aus Houston angefreundet, der sich auch für Militärgeschichte interessiert. Wir sind früh ins Bett gegangen – es waren ja schon ein paar ziemlich volle paar Tage gewesen!

Mit Bea hatten wir besprochen, dass sie uns am nächsten Tag nach dem Frühstück abholt (ihr Mann ist beschäftigt, meinte sie). Sie wollte uns die einzige Touristenattraktion zeigen, die es in der Nähe, in der nächstgelegenen Stadt, gibt, und zwar das Haus, in dem Katherine Anne Porter gewohnt hat. Sie hat

allerdings nicht sehr lange darin gewohnt, und es hat ihrer Großmutter gehört. Aber sie ist hier die berühmteste Person – unser Zimmer in der Pension hieß sogar das Porter-Zimmer. Aber – stellt euch vor! Die Natur hatte ganz andere Pläne mit uns. Mitten in der Nacht wurden wir von einem lauten Gewitter geweckt. Schließlich war es ein richtig heftiges Gewitter mit Blitz und Donner und strömendem Regen, der auf den Balkon vor unserer Tür runterhämmerte. Der Balkon ist den Elementen völlig ausgeliefert. Aus unserem Fenster konnten wir den Himmel voll mit Blitzen sehen. Der Regen hat einfach nicht mehr aufgehört.
Am nächsten Morgen, um acht Uhr, bekamen wir einen Anruf von der Rezeption. Sie sagten, es gäbe eine Tornadowarnung, und alle Gäste wurden gebeten, nach unten in die Küche zu kommen. Wir hatten noch unsere Schlafanzüge an. Sie haben gesagt, die Tornadogefahr besteht für die nächste halbe Stunde, dann wäre sie vorbei. Also dachte ich, wir sollten keine Zeit verschwenden, uns anzuziehen. Eurem Dad war es wichtiger, nicht im Schlafanzug aufzutauchen, als dass ein Tornado kommen könnte, also zog er sich was an, aber ich bin einfach in dem Frotteebademantel aus der Pension rausgegangen. Wir gingen über die Balkontreppe hinunter, weil das schneller war. Der Regen prasselte seitlich auf uns ein und schlug gegen die Seite des Gebäudes, und das Holzdeck des Balkons war rutschig, und das Gleiche war mit den Treppenstufen, sodass wir Mühe hatten, überhaupt hinunterzukommen, ohne zu stürzen. Ich hatte meinen kleinen ausklappbaren Regenschirm aus Paris mitgebracht, aber der Wind blies so heftig, dass ich ihn nicht aufgespannt habe.
Natürlich war ich die Einzige, die einen Bademantel anhatte. Und in einem weißen Frotteebademantel gebe ich schon einen ziemlichen Brocken ab, besonders in einem recht kleinen

Zimmer, wie es der Frühstücksraum war. Aber ihr kennt mich ja – ich bin in einem Alter, in dem mir so was nicht mehr peinlich ist. Der ganze Raum war heiter, niemand schien beängstigt durch die Tornadowarnung, obwohl natürlich jeder über das Wetter sprach, und die Leute kamen klatschnass und lachend und mit Badetüchern in der Hand herein. Wir gossen uns Tassen Kaffee aus der Kanne ein und setzten uns und warteten darauf, dass die Warnung vorbei war. Wir unterhielten uns etwas mit einigen der anderen Gäste. Wir haben eigentlich nicht wirklich mit einem Tornado gerechnet, und es gab auch keinen.

Aber der Regen hat einfach nicht mehr aufgehört, und später nach dem Frühstück haben sie uns mitgeteilt, dass es in der Nacht so stark geregnet hat, dass das Wasser in vielen Bächen und Flussläufen um uns herum gestiegen ist und sogar einige der Straßen überflutet hat. Und ich muss sagen, dass wir dann schon ein bisschen nervös geworden sind, auch wenn die Pension ja auf einem erhöhten Punkt liegt. Ein junges Paar, das an diesem Tag abreisen wollte, beschloss, es einfach zu riskieren, und wir haben gehört, wie sie darüber gesprochen haben, welchen Weg sie versuchen sollten, um rauszukommen.

Dann hat man uns mitgeteilt, dass die Straßen völlig überflutet waren und dass die ganze Stadt abgeriegelt worden war. Alle sollten in ihren Häusern bleiben. Mit meinem Telefon haben wir Bea angerufen und unsere Verabredung mit ihr abgesagt.

Ich bin mir nicht sicher, ob euer Dad darüber so traurig war. Ich glaube, er war glücklicher darüber, in der Pension bleiben zu können, die wirklich gemütlich war und tolles Essen und gute Bücher hatte, als mit zwei Frauen auf Tour zu gehen, die ihm vielleicht die Ohren vollquasseln. Ich hatte selbst nicht ganz so viel Lust, aber ich wollte Bea treffen. Wie dem auch sei, obwohl euer Dad und ich ja Bücherwürmer sind, haben wir nichts von Katherine Anne Porter gelesen, auch wenn wir den Namen ihres berühmtesten Buches kennen – *Das Narrenschiff.* Ich wette, ihr kennt es nicht, weil ihr zu jung seid – habt ihr überhaupt schon mal davon gehört? Tatsächlich stand auch ein Exemplar davon auf dem Kaminsims in unserem Zimmer. (Wir hatten einen eigenen Kamin, und, man glaubt es kaum, der Kamin ging direkt durch bis ins Badezimmer, also konnte man auch dort ein Feuer machen, wenn man wollte.) Ich klappte das Buch auf und sah am Anfang, dass es ein »Verzeichnis der Hauptpersonen« gab, das über drei Seiten ging! Da hab ich gleich gewusst, dass ich diesen Roman nie lesen würde. Aber trotzdem, ich mag alte Häuser und freue mich immer, einen Rundgang durch einen historischen Ort zu machen. Und ich war traurig, dass ich nicht mehr Zeit mit Bea verbringen konnte. Das war einer der Gründe, warum wir hierhergekommen waren. Wir würden am nächsten Tag heimfliegen. Dieser erste Abend mit Bea und ihrem Mann und ihrem kleinen Hund Henry war also alles gewesen.

Naja, später dann, nach dem Mittagessen, hat es kurz aufgeklart. Die Wolken schienen sich ein wenig aufzulösen. Der Himmel sah zwar immer noch stürmisch aus, war jetzt aber heller. Nachdem wir eine Weile Karten gespielt hatten, hat sich euer Dad hingelegt, um ein Buch zu lesen, das er sich aus der Bibliothek geholt hatte, über Julius Cäsar, und ich beschloss, einen Spaziergang zu machen. Hier kam also mein großes Abenteuer! Ich gehe immer gern eine Weile allein los, wenn wir unterwegs sind. Ich gehe langsamer als euer Dad. Er will immer schnell ans Ziel kommen. Ich lass mir gern ein bisschen Zeit und schau mir alles viel länger an als er.

Jedenfalls hat er gesagt, er ist schon genug spazieren gegangen, weil wir uns den Gemüsegarten angesehen haben.

Ich dachte, ich gehe mal zum Fluss. Er heißt »Onion Creek«. Ich hab nicht gefragt, warum. Er liegt ein ganz schönes Bisschen weiter unten als die Pension – einen Teil davon konnte man durch die Bäume vom Balkon im zweiten Stock aus sehen. Ich war morgens dorthin gegangen und habe mir den Fluss mit dem Fernglas angeschaut, das sie im Zimmer hatten. Ich dachte, dass ich Baumstämme und anderen Unrat entlangfließen sah. Nach den dramatischen Berichten an diesem Morgen hatte ich gedacht, dass ich vielleicht mitansehen könnte, wie ein Schuppen oder irgendein Tier flussabwärts treibt, aber ich hab nichts gesehen.

Zuerst hab ich mir eine laminierte Faltkarte von der Rezeption geholt. Sie hatten auch Wanderstöcke in einem Fass, das gleich an dem Pfad an der hinteren Veranda stand. Also hab ich mir einen Stock genommen. Ich hatte Trekkingschuhe, aber die sind eigentlich eher für die Stadt geeignet und erwiesen sich auf diesem Weg als nicht ganz so gut, weil er sehr steinig war und noch nass vom Regen – rutschig und schlammig. Die laminierte Karte zeigte die verschiedenen Wanderwege, und darauf waren auch Nummern, die den Nummern an den Bäumen und Sträuchern entlang des Weges entsprachen und die verschiedenen Pflanzen bezeichneten, und dazu gab es Infos über sie, zum Beispiel wozu die amerikanischen Ureinwohner sie verwendet haben. Das war interessant, auch wenn ich die Nummern nicht immer finden konnte und ich es ein bisschen satthatte, mir die Fakten über jede Pflanze zu merken. Es schien, als ob irgendein Teil jeder Pflanze von den amerikanischen Ureinwohnern für medizinische Zwecke verwendet wurde.

Jedenfalls hatte ich fast sofort, nachdem ich ungefähr zehn Minuten gegangen war, das seltsamste Erlebnis. Ich war an verschiedenen Nummern vorbeigekommen und war stehen

geblieben, um etwas über die Pflanzen zu lesen. Dann begann der Weg ein wenig abzufallen, und ich kam an eine Art Kreuzung, wo ein anderer Weg meinen Weg kreuzte. Ich bin stehen geblieben, um ihn auf der Karte zu suchen. Auf der Karte war er gelb. Dann schaute ich wieder auf und nach links, den anderen Weg entlang, und ich war richtig erschrocken, als ich eine Art graues Gesicht gesehen habe, das mich angeschaut hat. Es war nicht sehr hoch über dem Boden, und nach einer Sekunde hab ich erkannt, dass es das Gesicht eines Waschbären war. Er war vielleicht fünf Meter von mir weg und saß oder hockte mir direkt gegenüber. Das Gesicht schwebte sozusagen über den Blättern – den Rest des Körpers konnte ich nicht sehen, weil es eine Biegung im Weg (seinem Weg) gab. Als ich ihn gesehen hatte, hab ich mich nicht mehr bewegt. Er blieb auch ganz still. Dann ging er wieder auf alle Viere und ging ganz ruhig in das lange Gras auf einer Seite seines Wegs, die Nase hatte er nah am Boden, und dann kam er wieder raus und schnüffelte ein wenig im Gras auf der anderen Seite des Wegs. Dann ging er wieder auf seinen Weg zurück und kam auf mich zu. Sein Kopf war gesenkt, und er schnüffelte und schnupperte den Weg entlang, ohne mich zu beachten. Ich hab mich gefragt, ob er wusste, dass ich da war. Er kam immer wieder mit einer Art Watschelgang auf mich zu. Jetzt hatte ich doch ein bisschen Angst. Ich hab noch nie erlebt, dass ein wildes Tier direkt auf mich zukommt. Er schien keine Tollwut zu haben, aber mir ist eingefallen, mal etwas darüber gehört zu haben – wenn wilde Tiere am helllichten Tag auf einen zukommen, dann können sie Tollwut haben.
Ich dachte, dass er mich doch bestimmt riechen muss. Dann richtete er sich wieder auf und hockte sich auf die Hinterbeine, und er schien jetzt auch richtig in der Luft zu schnuppern. Sein Gesicht war mir zugewandt und seine Nase in die Höhe

gestreckt. Ich hab gedacht, jetzt würde er sich erschrecken und umdrehen und weglaufen. Aber er drückte bloß einfach wieder die Nase auf den Weg und watschelte weiter voran, kam näher und näher, und dabei hat er auf den Boden geschaut. Er ging noch ein paar Mal ins Gras zurück, schnüffelte herum und scharrte mit den Pfoten auf der Erde, dann ist er wieder rausgekommen. Schließlich war er nur noch einen Meter von mir entfernt – ich hätte ihn beinahe anfassen können. Jetzt hatte ich richtig Angst. Ich dachte, dass er mich jeden Moment sehen müsste und dass er sich auf mich stürzen und beißen könnte. Aber ich hab mich trotzdem nicht bewegt – ich wollte sehen, was passiert. Ich konnte sein Gesicht deutlich erkennen. Eines seiner Augen war milchig weiß. Dann dachte ich, vielleicht hat er einen grauen Star und kann nicht mehr durch das Auge sehen. Vielleicht konnte er sogar überhaupt nicht gut sehen. Vielleicht war er alt, obwohl er ziemlich gesund aussah. Sein Fell war an einigen Stellen ein bisschen verfilzt. Vielleicht war er alt und konnte nicht mehr gut sehen oder riechen.

Er schien nicht zu wissen, dass ich da war. Er blieb reglos auf seinen vier Pfoten stehen, doch er hat nicht in meine Richtung geschaut. Dann ging er weiter über meinen Weg auf die andere Seite seines Wegs und schließlich ins Gebüsch, wo er verschwunden ist. Ich bin noch eine Minute dort stehen geblieben, aber er ist nicht noch mal aufgetaucht.

Das Seltsamste an diesem Erlebnis war, dass ich mich unsichtbar fühlte, oder mehr noch als das – ich fühlte mich, als wäre ich gar nicht da. Ich weiß nicht, wie ich das beschreiben soll. Aber wenn ein wildes Tier direkt vor dir vorbeiläuft und dich überhaupt nicht bemerkt, dann bist du doch nicht wirklich da gewesen.

Als ich später mit einigen Leuten darüber gesprochen hab,

meinten sie: Naja, vielleicht war er wegen der Pension an Menschen gewöhnt. Aber ich glaube nicht, dass Tiere einen einfach so ignorieren. Sie laufen weg, oder sie greifen dich an, oder sie betteln um Futter. Meint ihr nicht auch? Ich hätte genauso gut ein Baum sein können.

Naja, danach war ich ganz aufgeregt. Ich dachte, ich könnte noch auf ein anderes wildes Tier treffen, zum Beispiel auf einen Kojoten. Pete, der Besitzer der Ranch, hatte gesagt, es gibt keine Bären in der Nähe, aber viele Kojoten. Er hielt wegen der Kojoten Pyrenäenberghunde auf den Weiden bei seinen Ziegen. Ich beschloss, meinen Spaziergang fortzusetzen. Schließlich hatte ich zwar ein kleines Abenteuer erlebt, aber ich war nicht richtig weit gekommen – ich konnte immer noch die Pension hinter mir sehen.

Ich ging den Weg weiter zu einer Bank mit Blick auf den Bach darunter. Das Wasser stand ziemlich hoch und war hellbraun, aber seltsamerweise floss es jetzt in die entgegengesetzte Richtung. Das konnte natürlich nicht sein. Ich muss mich an diesem Morgen geirrt haben, auch wenn ich genau durchs Fernglas geschaut hatte. Ich bin weitergegangen. Jetzt fiel der Weg zum Wasser hin ab. Aber die Wolken hatten sich wieder zusammengezogen, und sie wurden dunkler, und da fielen auch schon ein paar Regentropfen. Der Weg wurde steiler und steiler, und meine Trekkingschuhe rutschten und rutschten – ich war froh, dass ich den Wanderstock mitgenommen hatte. Aber ich hatte Angst, dass ich, wenn ich den ganzen Weg bis zum Bach runtergehe, nur mit großer Mühe wieder hochkommen würde. Ich hatte auch Angst, dass der Regen wieder richtig stark werden würde. Und dass das Wasser so schnell ansteigen könnte, dass ich reingezogen und weggeschwemmt würde.

Als ich dann zu einem anderen Weg kam, der zurück zur Pension führte – auf der Karte war er rot eingezeichnet –, bin ich diesen Weg gegangen. Ich war zwar noch nicht viel gelaufen, aber ich fühlte mich sofort besser, als ich mich in Sicherheit gebracht hatte. Und gerade dann fing es auch wieder heftig an zu regnen. Ich war ziemlich nass, als ich in die Nähe der Pension kam.

Auf der hinteren Veranda zeigte die Managerin einem neuen Gast, einer Frau, den Weg und das Fass mit den Wanderstöcken. Sie erzählte ihr von den laminierten Karten. Die Frau lächelte, sie hat auch mich angelächelt, als ich auf die Veranda kam. Aber ich bin mir nicht sicher, ob ich eine gute Werbung für die Pension abgegeben habe, mit meinen nassen Kleidern und schlammigen Schuhen, wie ich mich durch den Regen gekämpft hab und wahrscheinlich immer noch ein wenig verängstigt ausgesehen hab.

Ich will euch nicht mit dem Rest langweilen, wie ich um einen Lappen bat, um meine Schuhe sauberzumachen, und man mir ein riesiges altes Handtuch brachte, wie umständlich es war, den Schlamm mit diesem alten Handtuch an einem Schlauch beim Gartenschuppen zu reinigen, wobei ich auf einem Fuß balancierte usw. (Und es regnete immer noch.) Aber als ein Teil des Schlamms weg war, ging ich zurück ins Zimmer und machte die Schuhe im Bad weiter sauber und erzählte eurem Dad von meinem Abenteuer mit dem Waschbären, auch wenn ich nicht glaube, dass er wirklich verstanden hat, wie seltsam das gewesen war. Er war mitten in einer interessanten Passage in seinem Buch und wollte sich wieder seiner Lektüre widmen.

Jedenfalls war das mehr oder weniger alles – unser einziger richtiger Urlaub in letzter Zeit. Am nächsten Morgen war natürlich strahlender Sonnenschein. Es wäre das perfekte Wetter gewesen, um Bea zu treffen und das Katherine-Anne-Porter-Haus zu besichtigen. Aber wir sind zum Flughafen abgedüst – derselbe nette junge Mann hat uns gefahren, der uns auf der Tour all die Tore aufgemacht hatte, und wir waren früh genug da, um im Souvenirladen ein paar texanische Sachen zu kaufen, hauptsächlich Weihnachtsgeschenke für meinen Buchclub. Wir haben auf dem Rückflug fast dasselbe gemacht wie auf dem Hinflug – Sandwich, Chips, Michael Crichton, Nickerchen –, außer dass euer Dad, anstatt Sudoku zu spielen, dasaß und über Julius Cäsar nachdachte. Das hab ich daran gemerkt, dass er mir ab und an irgendein Detail erzählte, zum Beispiel, dass Cäsars Armee innerhalb eines Tages eine Brücke über einen Fluss bauen konnte, oder dass sie, wenn sich ein Feind in einem Wald versteckt hat, kurzerhand den ganzen Wald abholzten (!), oder dass sie sich hauptsächlich von Brot ernährt haben. Wir fliegen gern, muss ich sagen. Wir hatten also Spaß, auch wenn es alles in allem eine ziemlich seltsame Reise war. Wir hatten geglaubt, dass uns Texas nicht gefallen würde, aus all den Gründen, die ihr euch schon denken könnt. Aber dieses Hill Country ist wunderschön. Und die Leute waren sehr nett. Nachdem wir ein paar Tage zurück waren, schickte uns Bea eine Tüte Pekannüsse von dem Baum aus Katherine Anne Porters Garten! Sie waren sehr gut, auch wenn sie schwer aus der Schale zu kriegen sind. Nur noch ein paar letzte Dinge – zum einen geht es um den Ausflug, den wir machen wollen. Der ist gar nicht so weit weg wie Texas! Euer Dad ist nicht ganz so begeistert, aber er ist kein Spielverderber. Es geht darum, dass in der Bibliothek eine Schürzen-Ausstellung gemacht wird. Es ist die Sammlung bunter alter Schürzen von einer Frau, und die Leute sind eingeladen, ihre eigenen Schürzen mitzubringen und auszustellen. Vielleicht krame ich also einmal in ein paar Schubladen und schaue, was ich so finde, obwohl die meisten mei-

ner Schürzen Flecken haben. Es gibt auch einen Schürzennähkurs, aber ich will eigentlich keine Schürze nähen.
Außerdem habe ich in unserer Lokalzeitung eine Reihe von Kursen über Fußmassagen gesehen. Es heißt, dass man herausgefunden hat – ich wusste das nicht –, dass unsere Fußsohlen eine Karte unseres gesamten Körpers enthalten. Jeder Teil unseres Fußes entspricht einem anderen Teil unseres Körpers. In dem Artikel heißt es, dass die Frau einem beibringt, wie man die Füße knetet, reibt, schaukelt und schüttelt. Natürlich würde euer Dad niemals wollen, dass ihm jemand zeigt, wie man seine Füße reibt und schüttelt, aber mich interessiert es.
Naja, ihr wolltet einen langen Brief, handgeschrieben wie früher, und den habt ihr auch bekommen. Wie ist euer Leben in der Stadt?? Wir vermissen euch. Ihr habt uns schon lange nicht mehr besucht.
Wir waren den ganzen Tag drinnen eingepfercht, es ist nicht so kalt, und wir müssen mal raus und uns die Beine vertreten. Ich denke, wir werden diesen Brief zur Post bringen und schauen, ob sie neue Briefmarken haben. Manchmal kaufen wir ein paar Bögen mit Briefmarken, die uns gefallen. Dann trinken wir zu Hause eine Tasse Tee, drehen die Bögen um und lesen die Beschreibungen auf der Rückseite – die sind oft sehr informativ.

Alles Liebe an euch beide, auch von eurem Dad,
Mutter

## Caruso

••••••

Als er ein Kind war, fragte er sich oft, warum sein Vater weinend dasaß, während er sich eine Schallplatte mit Enrico Carusos Gesang anhörte.
Später, als er ein erwachsener Mann war, haben er und sein Vater zusammengesessen und geweint, während sie Caruso hörten.

## Pearl und Pearline

Wir kannten eine Frau namens Pearl. Sie wohnte nicht weit entfernt von uns in derselben Straße. Sie war so etwas wie eine Freundin der Familie. Pearl pflegte das Haus aufzuräumen, indem sie alles einfach unter das Sofa und hinter das Sofa schob, unter die Sessel und in die Schränke. Wann immer in unserer Familie das Haus schnell aufgeräumt werden musste, weil Besuch kam, hieß es bei uns nur, wir machen »auf Pearl-Art« sauber.

Pearl und Fred konnten keine Kinder bekommen, also adoptierten sie ein kleines Mädchen. Es war ein hübsches kleines Ding. Ihr Name war Michelle. Man sagte, dass Pearl nicht sehr nett zu ihr gewesen sei. Pearl war das, was wir eine Schnapsdrossel nannten – sie trank viel. Sie tranken beide viel. Sie lebten draußen im Wald – niemand hörte sie, wenn sie anfingen, sich anzuschreien. Sie landeten im Gefängnis und im Krankenhaus zum Entzug, und das mehrfach. Ich musste einen von ihnen zum Gericht fahren – einmal im Monat, acht Monate lang! Ich musste meine Tochter mitnehmen, weil ich sie nicht allein zu Hause lassen konnte. Der Richter beschwerte sich, weil wir Essen im Gerichtssaal dabeihatten. Was hätte ich denn sonst machen sollen?

Ich kam mit ihnen aus, aber es war immer ein Eiertanz. Wie hat sich Michelle entwickelt? Sie hat sich gut entwickelt. Als sie erwachsen war, ging sie zur Navy.

Und was mit Pearl passiert ist – am Ende hat sie Fred verlassen. Und raten Sie mal, was sie gemacht hat? Sie ist irgendwohin abgehauen, um Bauchtänzerin zu werden! Nachdem sie weg war, brauchte Fred natürlich eine Haushälterin. Er fand auch eine, und was glauben Sie, wie die hieß? Pearline! Das war, bevor er wieder geheiratet hat.

## Was man für seine Rüben bekommen konnte

Jeweils im Oktober der Jahre 1852, 1853 und der Folgejahre war die Rübenernte von George Holcomb auf ihrem Höhepunkt. Mit seiner Familie und angeheuerten Helfern, manchmal drei irischen Frauen, zog und schnitt er an vielen aufeinanderfolgenden Tagen Rüben, manchmal köpfte er sie, manchmal ließ er die Köpfe dran. Nachdem die Rüben geerntet waren, hatte er genügend, um sie, sogar bis ins neue Jahr hinein, gegen Waren und Dienstleistungen einzutauschen, darunter:

Ein halber Scheffel Rüben an Henry Cranstons Laden für ein Pfund Ingwer.
Zwei Scheffel Rüben an den Schuhmacher Tyler Ayers für 50 Cent zum Ausbessern von Schuhen.
Ein Scheffel Rüben an Henry Platt zu 25 Cent in bar.
Fünf Scheffel Rüben an Mr. Mason für ein Paar Stiefel für Tochter Sarah.
Zwei Scheffel Rüben an George Clark zu je 25 Cent.
Drei Scheffel an Benjamin Lord, Wert 75 Cent, im Austausch für folgende Waren im Laden von Charles Wheeler: ein Yard Baumwollsamt für eine Weste, 40 Cent, ein Dutzend Knöpfe, 6 Cent, zwei Bleistifte, 2 Cent, und drei Pfund Zucker, 27 Cent.
Eine nicht näher bezeichnete Menge Rüben an den Schneider Jervins für den Zuschnitt eines Mantels und einer Weste für Sohn John.
Ein Scheffel Rüben für einen Kredit in Höhe von 25 Cent

bei Hufschmied Walker und einen Scheffel für dasselbe beim Hufschmied Stone sowie ein halber Scheffel für einen Kredit von 12½ Cent bei Doktor Bates.
Rüben im Wert von achtundsechzig Cent an Lias Dike im Austausch fürs Hacken von Georges Wurstfleisch.
Zwei Scheffel Rüben an Manuel Buten für seine Hilfe beim Rübenziehen.
Zweieinhalb Scheffel an J. Acox für einen neuen Balken des Seitenhügelpfluges von Sohn George, da Sohn John den Pflug kaputt gemacht hat.
Drei Scheffel Rüben an den irischen Schuhmacher, der im Clark-Haus wohnt. Ein Scheffel ist bezahlt, für die anderen beiden stehen 50 Cent aus.
Rüben im Wert von 87 Cent an Peases Harness Shop für eine Peitsche mit Lederüberzug sowie eine Peitsche aus Hirschleder, auf Vertrauensbasis.
Dreieinhalb Scheffel an Asa Palmer, aufgrund eines Vertrags für das Beschlagen eines Pferdes, der damit abgezahlt ist.
Sechs Scheffel an die Fabrik und Arbeiter von George P. Glass, bezahlt in rotem Flanell zu 25 Cent das Yard. Mit Abmachung, ihm und seinen Arbeitern weitere Rüben zu bringen und abermals in Flanell bezahlt zu werden.
Fünf Scheffel Rüben an Wm. L. Browns Laden für zwei Gallonen Melasse und fünfeinhalb Pfund Zucker.
Sechs Scheffel Rüben an Lias Dike zu 25 Cent pro Stück, dafür gleichwertiger Kredit für Talg.
Eine nicht näher bezeichnete Menge Rüben an einen Iren, der im Haus von Wm. B. Maxon wohnt und von Sohn George angeheuert wurde, um die Wolle von drei toten Schafen zu scheren.
Ein halber Scheffel Rüben an Henry Lapum als vollständige Bezahlung für eine zuvor erworbene Getreideschaufel.

## Eine Frau, die Zeitschriften anbietet

Ich habe mich am Telefon mit einer Frau gestritten, die letztlich gar nicht wie eine echte Frau oder überhaupt wie ein echter Mensch wirkte. Ich habe ihr einen kleinen Teil meiner Mitmenschlichkeit geschenkt, und diese hat sie plötzlich und blitzschnell zunichte gemacht. Das hat mich bestürzt, nicht weil sie wütend war, bevor sie auflegte, sondern weil sie gerade nicht wütend war. Sie hat urplötzlich einfach aufgelegt, weil ich nicht mehr nützlich für sie war.

In Wirklichkeit hatten wir uns gar nicht richtig gestritten. Und in Wirklichkeit gab es gar kein »wir«. Doch das Gespräch fand auf jeden Fall am Telefon statt. Sie legte aber tatsächlich auf, und man kann durchaus sagen »sie«, auch wenn sie mir zu diesem Zeitpunkt nicht wie eine richtige Frau vorkam.

Sie wollte mir eine Unmenge an Zeitschriften aufschwätzen. Sie bot mir fünf verschiedene Zeitschriften an, sechzig Ausgaben von einer, hundertzwanzig von einer anderen und so weiter, und dazu eine Kamera als Prämie. Sie sagte, sie verkaufe nichts. Und kurz schien sie die Überlegung mit mir zu teilen, dass an dem Angebot irgendwo ein Haken sein müsse, auch wenn es keinen gab. Sie schien mit mir zu reden und meine Antworten zu hören, aber manchmal nahm ihre Stimme eine seltsame Intonation an. Dann fragte sie mich plötzlich und mit erschreckender Präzision, ob ich bereits fünf Zeitschriften abonniert habe. Ich sagte, ja. Und dann war ich nicht mehr von Nutzen für sie, und sie legte auf.

## Ehemoment der Verärgerung – Abendessen

Sie haben gerade darüber diskutiert, was es zum Abendessen geben soll.
Schließlich sagt er, sie könne selbst entscheiden, was sie kochen wolle.
Er sieht zu, wie sie mit der Zubereitung des Essens beginnt und sagt mit einem Stirnrunzeln,
»Aber nichts, wovon mir schlecht wird …«

## Ehemoment der Verärgerung – Spekulationen

Er sagt:
Nein, ich interessiere mich *nicht*
für deine Spekulationen
darüber, was da war,
bevor das Universum existierte.

## Unglücklicher Weihnachtsbaum

Eine alte Frau glaubt, dass ihr Weihnachtsbaum heiraten will. Ihr Pfleger sagt:
– Nein, das ist nur ein Baum. Sehen Sie? Kommen Sie mal her! Fühlen Sie doch mal!
Die alte Frau befühlt einen Ast.
– Ach, Sie haben recht, es ist ein Baum.
Aber die alte Frau ist immer noch besorgt.
– Aber im Innern … im Innern gibt es eine Frau, die herauskommen und heiraten will.
Die alte Frau lässt sich einfach nicht davon überzeugen, dass sie im Unrecht ist. Sie sitzt eine Stunde lang vor dem Baum und starrt ihn an.
Nach einer Stunde sagt der Pfleger:
– Kommen Sie, machen Sie sich keine Sorgen. Es ist doch nur ein Baum.
– Aber es ist so traurig, es ist so traurig für sie … Mit diesem kleinen Zeugs überall auf ihr drauf … Sind das kleine Männchen?
– Nein, keine Sorge, das sind keine kleinen Männchen. Das ist doch Ihr Baumschmuck. Den haben Sie schon seit Jahren. Jedes Jahr holen wir ihn raus und hängen ihn an den Baum.
– Aber die tun ihr weh! Die zwicken sie! Sie will doch einfach nur rauskommen und heiraten.

## Mein Deutsch verbessern

Mein ganzes Leben lang habe ich versucht, mein Deutsch zu verbessern.
Endlich ist mein Deutsch besser geworden!
Aber jetzt bin ich alt und krank.
Ich werde bald sterben.
Aber wenn sie mich ins Grab bringen,
wird eine Sache
irgendwo in meinem Gehirn sein:
besseres Deutsch.

# V

## Gedicht zur Begrüßung

Hallo Mein Lieber,
wie gehts dir
ich hoffe gut
mein name ist janet
eine dame

ich möchte, dass du mir schreibst
von meiner beziehung
mit dir
ich werde dir mehr über mich erzählen
Gruß von,
Janet

## Zwei Geschichten über Jungs

Mein Freund Tom erzählt mir eine Geschichte. Er wohnt im selben Haus, seit er ein Kind war. Bis vor etwa einem Jahrzehnt lebte er dort mit seiner Mutter, dann starb sie, und dann lebte er allein dort. Weder zu Lebzeiten seiner Mutter noch danach wurde das Haus im Vergleich zu seiner Kindheit größer verändert. Vor Kurzem beschloss er, einige Veränderungen an seinem Bad vorzunehmen, und ein Teil der Arbeit bestand darin, die »Verkleidung« der Badewanne zu versetzen. Als der Handwerker anfing, sie zu abzumontieren, entdeckte er etwas: An einem Fuß der Wanne waren ein halbes Dutzend sehr alter Thunfischdosen versteckt, ungeöffnet und verrostet. Eine Zeit lang blieb dies ein Rätsel. Tom dachte immer wieder an diese Thunfischdosen, die dort neben dem verkleideten Klauenfuß seiner Badewanne gestapelt waren. Dann endlich erinnerte er sich: Vor etwa sechzig Jahren, als er noch ein Kind war, hörten er und seine Freunde mehr als einmal, wie die Erwachsenen, die jeden Abend die Nachrichten schauten, von der drohenden Gefahr eines Atomkriegs sprachen. Den Jungs wurde so nach und nach die Angst vor dieser Katastrophe eingeflößt. Als Vorsichtsmaßnahme stibitzte Toms engster Freund, ein entschlossener Junge, die Thunfischdosen nach und nach, immer jeweils nur eine Dose, um nicht entdeckt zu werden, aus dem Küchenschrank seiner Familie und versteckte sie hinter der Wannenverkleidung in Toms Haus, als Notvorrat für den Fall eines Atomkriegs.

Diese Geschichte kam mir in den Sinn, als ich im Mittleren Westen unterwegs war, in Iowa City. Ich ging gerade durch ein historisches altes Herrenhaus, das jetzt eine große und erfolgreiche Innenausstattungsfirma beherbergte. Ich besuchte dieses Haus, weil es meiner Mutter in ihrer Kindheit gut bekannt gewesen war. Ich schlenderte die Treppen rauf und runter, ging durch die Zimmer, durch die ehemaligen Schlafzimmer, in denen jetzt Stoffballen und Tapetenmusterbücher aufbewahrt wurden, weil meine Mutter mir viele Geschichten über dieses Haus aus der Zeit, als sie noch sehr jung war, erzählt hatte. Es war das Haus einer ihrer Cousinen gewesen, einem wohlhabenden Mädchen – im Gegensatz zu meiner Mutter, die arm war. Meine Mutter hatte ihre Cousine dort häufig besucht – die Mädchen waren eng befreundet. Ich habe ein Foto, das meine Mutter als kleines Mädchen zeigt, zusammen mit ihrer Mutter, die ganz in Schwarz gekleidet ist, und dieses Haus hier befindet sich im Hintergrund. Nach vielen Jahren hatten die Erben der Familie der Cousine das Haus verkauft, und es war in ein Waisenhaus umgewandelt worden.

Ich kam mit dem Besitzer der Innenausstattungsfirma ins Gespräch und erzählte ihm von meiner Mutter und ihrer Cousine. Er hörte aufmerksam zu und erzählte mir dann seinerseits eine Geschichte. Während der Zeit, in der das Haus als Waisenhaus genutzt wurde, war das geschwungene, breite Eichengeländer, das zwei Stockwerke hoch durch das weitschweifige Treppenhaus des Hauses hinaufführte, frisch gestrichen worden. Eines der Waisenkinder, ein Junge von neun oder zehn Jahren, hatte in einem Anfall von Schabernack ganz oben auf der Treppe gestanden und ein Federkissen über dem frisch gestrichenen Geländer aufgeschnitten. Die Federn waren heruntergeschwärmt und an der Farbe kleben geblieben.

Die Jahre vergingen, und das Haus wechselte mehrmals die Besitzer, wobei das Geländer von Zeit zu Zeit neu gestrichen wurde. Schließlich gelangte das Herrenhaus in den Besitz der Innenausstattungsfirma, die eine gründliche Renovierung in Angriff nahm. Das Geländer sollte bis aufs ursprüngliche Holz runtergeschliffen werden, wofür die Firma einen Mann aus der Gegend beauftragte. Er trug Schicht um Schicht der alten Farbe ab, bis er zu jener Schicht gelangte, in der er die Überreste eben jener Federn erkennen konnte, die in die alte Farbe eingetrocknet waren. Er wusste, was das war. Er war derselbe Junge, der dort als Waisenkind gelebt, das Kissen aufgeschnitten und die Federn verstreut hatte.

## Berühmtheitsgrund #5: Rex Dolmith

In Taos, New Mexico, im Jahr 1949, fühlten sich meine Eltern in ihrer Mietwohnung durch den ständigen Lärm der Mieter in der Wohnung über ihnen belästigt. Die Nachbarn von oben waren, wie sich herausstellte, der in Taos wirkende Maler Rex Dolmith und seine Familie!

## Unerledigte Dinge

Als sie in der Küche aufräumt, wischt sie ein kleines schwarzes Samenkorn von der Arbeitsplatte.
Doch das kleine schwarze Samenkorn bewegt sich und läuft dann eilig in die andere Richtung davon.
Nein, ich bin kein Samenkorn, scheint das kleine Insekt zu sagen.
Nein, es sagt gar nichts, sondern macht sich auf und davon und wird von ihrem Schwamm daran erinnert, dass es anderswo Dinge zu erledigen hat.

## Verloren von Yanda Hedge (persönlich)

runde Brillengläser
falsches Schildpatt
irgendwo
zwischen Kindergarten
und heiligem Ort,
möglicherweise
von Schnee bedeckt.

## Nach der Lektüre von Peter Bichsel

Im letzten Frühjahr und Sommer las ich die Geschichten des Schweizer Schriftstellers Peter Bichsel. Ich begann sie in Wien zu lesen. Das kleine Buch – ein Hardcover, aber klein und leicht – war ein Geschenk einer deutschen Freundin zu Beginn meiner Reise, damit ich etwas auf Deutsch zu lesen habe, weil ich meine Sprachkenntnisse aufbessern wollte. Ich hatte von zu Hause einen Taschenbuchkrimi eines sehr bekannten deutschen Autors mitgebracht, aber er gefiel mir nicht: Die Handlung war bisher langweilig, die Hauptfigur unsympathisch und der Ton sarkastisch. Meine Freundin meinte, sie habe etwas Besseres für mich, und sie hatte recht. Ich las weiter in Bichsels Geschichten im Zug von Wien nach Salzburg, dann in Salzburg und dann im Zug nach Zürich und dann in Zürich, Berlin, Hamburg, Köln sowie in jedem Zug, mit dem ich von einer Stadt in die andere fuhr.
Tatsächlich schreibt Peter Bichsel regelmäßig über das Lesen und über Zugreisen. Manchmal beginnt er auch eine Geschichte oder merkt mitten in einer Geschichte an: »Es gibt Geschichten, die es kaum wert sind, erzählt zu werden«, oder »Es gibt fast nichts zu sagen über X«, und dann folgt manchmal ein »aber«: »Aber ich wollte diese Geschichte schon lange erzählen« oder »Aber sie muss erzählt werden, denn es war die erste Geschichte in meinem Leben, die erste, an die ich mich erinnere«. Dann erzählt er eine schöne, angenehme, bescheidene Geschichte, eine Geschichte, die vor menschlicher Güte leuchtet, oder vor Liebe, oder einer Kombination aus Mitgefühl, Verständnis und Ehrlichkeit. (Oder

finde ich diese Qualität dieser Tage so ausgeprägt in seinen Geschichten, weil ich nach ihnen suche?)
Ich las seine Geschichten, während ich reiste, aber ich war auch abgelenkt von allem, was ich sah und erlebte, sodass ich nicht oft an seine Geschichten dachte, wenn ich sie gerade einmal nicht las.
Dann musste ich aber besonders an ihn und seine Geschichten denken, nachdem ich etwas in Salzburg erlebt hatte. Ich wollte dieses Ereignis beschreiben, allerdings wollte ich gleich zu Beginn meiner Geschichte sagen, dass es nicht viel zu erzählen gibt, weil eigentlich so wenig passiert ist: Es gab eine Szene, in der eine seltsame Person eine Rolle spielte sowie später ein Zufall.

Ich hatte in einem kleinen, unscheinbaren Restaurant zu Mittag gegessen, das ich mir früher am selben Tag ausgesucht hatte, als ich auf dem Weg durch die Stadt und über den Fluss auf der Suche nach Mozarts Geburtshaus war. Es schien mir ein gutes Lokal zu sein, ohne Allüren, nicht zu teuer, nicht besonders attraktiv für Touristen und frequentiert von Einheimischen. Der Eingang lag etwas zurückgesetzt von der Hauptstraße, und es hieß Café Central. Draußen auf der Straße fiel Regen, und der Schirmständer drinnen an der Tür war mit nassen Schirmen gefüllt. Die Garderobe war voller feuchter Jacken und Ölmäntel. Die Farben des Lokals waren auffallend beige, braun und cremefarben. Der Vorderteil des Raums, den man betrat, enthielt den Tresen und war vom Hauptraum abgetrennt, sodass die Bargäste an kleinen Tischen bedient werden konnten. Ein Regal entlang der Trennwand enthielt Stapel gefalteter Zeitungen und Zeitschriften für die Gäste.
Das Lokal war recht voll, wenn auch noch nicht ganz voll,

und es war laut, denn es war gerade Mittagszeit. Eine dralle, energiegeladene Frau, die anscheinend die Geschäftsführerin oder Miteigentümerin des Lokals zu sein schien, führte mich zu einem engen Platz in einer Reihe kleiner Tische an einer Wand, doch nachdem sie gegangen war und nach einem kurzem Zögern stand ich auf und ging zurück, um mir einen angenehmeren Platz zu suchen. Ich fand ein geräumigeres und ruhigeres Plätzchen in der hinteren Ecke, an einem kleinen Tisch zwischen zwei bereits besetzten Tischen. Zu meiner Linken befand sich ein großer Ecktisch und zu meiner Rechten ein kleiner Zweiertisch so wie mein eigener.

An dem großen Tisch saßen ein Mann und eine Frau, offensichtlich ein Paar, obwohl sie lange Zeit nicht miteinander redeten. Der Mann las in aller Ruhe und sehr gründlich eine Zeitung, und die Frau saß ganz still neben ihm und schaute mit einem ruhigen und angenehmen Gesichtsausdruck ins Nichts. Der Eindruck, der mir heute in den Sinn kommt, ist, dass der Mann Asiate war, doch ich bin mir nicht sicher. Die Frau war keine Asiatin. So sehr ich mich auch bemühe, mir ein genaueres Bild des Gesichts von dem Mann ins Gedächtnis zu rufen, gelingt es mir nicht, ich habe keine Erinnerung daran. Es ist für die Geschichte sowieso nicht relevant, doch dieser vage Eindruck verstärkt mein Gefühl für den Unterschied oder die Ungleichheit zwischen den beiden, obwohl sie sich wohlzufühlen und miteinander auszukommen schienen.

Es war die Frau am Tisch zu meiner Rechten, die mich während dieses Mittagessens am meisten interessierte, obwohl ich zunächst damit beschäftigt war, mich auf meinem Platz einzurichten, meine Taschen neben mir abzustellen, etwas zum Lesen herauszuholen und mich umzuschauen, die Eindrücke und Geräusche des Raums aufzunehmen, und so schenkte ich ihr anfangs keine größere Aufmerksamkeit. Erst als ich mich an meine Umgebung gewöhnt und die Gäste in meinem Teil – dem größeren – des Raums sowie jenseits der Trennwand betrachtet hatte, erst als ich die Eindrücke und Geräusche dieses Orts aufgesogen und weitere ungewöhnliche Elemente oder Gäste ausgemacht hatte, erst dann wurde meine Aufmerksamkeit von meiner Tischnachbarin angezogen.

Ich hatte genügend Zeit, sie zu beobachten, so wie auch die übrigen Gäste des Restaurants, denn obwohl die junge Kellnerin und die ältere Geschäftsführerin pausenlos zwischen den Tischen hin und her wuselten, um Bestellungen aufzunehmen und Essen zu servieren, ließ meine Bestellung sehr lange auf sich warten – dreißig Minuten, vierzig Minuten. Da ich müde war von meinem morgendlichen Streifzug durch die Straßen der älteren Stadtteile Salzburgs diesseits des Flusses und jenseits der Brücke, da ich immer wieder stehen geblieben war, um Gedenktafeln zu lesen oder Schaufenster zu betrachten, und anschließend über die lange Brücke zurückgegangen war, machte mir das Warten nichts aus.

Die Frau zu meiner Rechten war vielleicht Mitte Fünfzig – es war schwer zu sagen. Sie war eine große Frau, wenn auch von mäßigem Gewicht, groß und breitschultrig, muskulös, und sie trug solch alltägliche Kleidung, dass ihre Handtasche unpassend feminin wirkte. Sie trug eine einfache Hose, feste Schuhe und ein T-Shirt mit einer Aufschrift, die ich schließlich als einen Pro-EU-Slogan entschlüsselte. Ihr Haar war kurz und lockig und recht zerzaust, an einer Stelle plattgedrückt, an einer anderen stand es ab. Sie trug eine unscheinbare Brille, die ihr einen etwas ernsten oder gelehrten Blick verlieh.

Was meine Aufmerksamkeit zuerst und dann immer mehr erregte, war die Geschwindigkeit, mit der sie aß. Sie hatte ein Hühnergericht bestellt – Hähnchenschenkel mit einem

Berg weißem Reis. Später dachte ich, es musste eines der Tagesgerichte gewesen sein, die günstig zu bekommen waren. All ihre Bewegungen waren hastig, vielleicht doppelt so schnell wie bei einer Person, die sonst in einem Restaurant isst, selbst in einem preiswerten Restaurant. Sie werkelte mit ihrem Besteck, schwang das Messer in der einen und die Gabel in der anderen Hand, und zwar unentwegt, emsig und fleißig, während ihre Ellbogen nach den Seiten herausstießen. Sie kaute schnell und schluckte schnell. Einige ihrer Bewegungen waren geschickt, etwa wie sie das Fleisch von einem Hähnchenschenkel abnagte und den Knochen an den Rand ihres Tellers neben einen anderen abgenagten Knochen legte. Manchmal aber war sie zu hastig, sodass der Reis vom Tellerrand purzelte. Manchmal positionierte sie einen Schenkel schnell neu, um sich einen anderen Winkel fürs Fleischabschneiden zu ermöglichen, und gelegentlich drehte sie ihren Teller, um sich einen anderen Schenkel vorzunehmen oder besser an den Reis zu gelangen. Drehen, aufspießen, schneiden, Mund auf, Gabel voll Essen rein, kauen, schlucken; drehen, aufspießen, schneiden usw.

Nachdem ich ihr ein paar Minuten beim Essen zugesehen hatte, fiel mir etwas auf, was meinen Eindruck von Dringlichkeit – oder mehr noch als Dringlichkeit, meinen Eindruck von hektischer Eile – noch verstärkte, denn auf ihrer Rechten und ihr zugewandt, leicht gegenüber, stand ein kleiner runder Reisewecker. Und trotz allem schien sie es im Laufe ihres Mittagessens ansonsten nicht eilig zu haben, ihre Mahlzeit zu beenden und das Lokal zu verlassen. Einige Male hielt sie inne, um ihre Zeitung zu lesen, und später, um sich eine Notiz in einem Notizbuch zu machen.

Ihre Zeitung lag gefaltet vor ihr auf dem Tisch. Von Zeit zu Zeit blickte sie darauf oder nahm sie in die Hand, um sie

dann wieder zusammenzufalten. Ich hatte meine eigene Zeitung bei mir, wenn auch von einer anderen Art, es war eine literarische Wochenzeitung, ebenfalls gefaltet und so platziert, dass ich sie lesen konnte, auch wenn ich nicht darin las, weil ich mich zu sehr für die Menschen um mich herum interessierte. Vielleicht saßen sie und ich auf derselben Bank, die sich entlang der ganzen Wand erstreckte, denn ich erinnere mich daran, dass sie Platz hatte, um ihre Handtasche neben sich liegen zu haben, so wie auch ich. Neben ihr zog sich die Reihe kleiner Tische bis zur Trennwand fort.
Ihre Handtasche fiel mir auf, weil sie irgendwann ein Notizbuch herauszog und begann, in der Tasche nach einem Stift zu suchen; ebenfalls mit hastigen Bewegungen kramte sie wild in den Taschentiefen, zog die Tasche näher an sich heran und stellte sie auf den Tisch, um besser darin suchen zu können. Als sie keinen Stift fand, suchte sie Blickkontakt mit den Gästen in ihrer unmittelbaren Umgebung, einschließlich derer in meiner Richtung, und sie fragte ganz allgemein in den Raum hinein, ob jemand ihr einen Stift leihen könnte. Ich zögerte und wartete darauf, dass jemand anderes ihr einen anbieten würde. Ich hatte in mein eigenes Notizbuch geschrieben, hatte es aber samt Stift wieder eingesteckt. Ich wollte ihr keinen Stift leihen, auch wenn ich mehr als einen dabeihatte.
Der Mann, der die Zeitung gelesen hatte und der sich schweigend eine Palatschinke zum Dessert mit seiner Frau teilte – sie aßen vom selben Teller –, lieh ihr seinen Kugelschreiber und ließ ihn ihr über eine ältere Frau reichen, die mir gegenüber saß. Sobald sie den Stift in der Hand hatte, beugte sich meine hastige Tischnachbarin weit nach vorn, brachte ihre kurzsichtigen Augen nah ans Blatt heran und begann, erneut mit hurtigen Bewegungen, in ihr Notizbuch zu schreiben.

Die ältere Frau mir gegenüber war an meinem kleinen Tisch gelandet, weil die anderen Plätze im Restaurant inzwischen alle besetzt waren. Sie hatte mich gefragt, ob der Platz mir gegenüber frei sei, und ich hatte genickt und bejaht. Wahrscheinlich habe ich nur »Ja« gesagt, denn obwohl ich einiges von dem verstehen konnte, was auf Deutsch zu mir gesagt wurde, konnte ich nicht mit sehr ausführlichen oder idiomatischen Sätzen antworten.

Die ältere Frau hatte ihr Essen bestellt, und als es kam, sah ich, es war der gleiche Teller mit Hähnchenschenkeln und Reis wie von meiner Nachbarin auf der rechten Seite. Bis ihr Essen kam, beobachtete mich meine neue Tischnachbarin nüchtern und aufmerksam dabei, wie ich mein eigenes Essen aß, das mir endlich und nicht lange, nachdem sie sich hingesetzt hatte, gebracht wurde. Sie beobachtete mich eine Weile und fragte dann, nach wie vor nüchtern und aufmerksam, ob das eine Scheibe Schinken oder eine Scheibe Fisch sei. Ich sagte, es sei Fisch, und ich dachte, ich hätte ziemlich genau die Worte auf der Speisekarte wiedergegeben, indem ich präzisierte, es sei geräucherter Lachs. Darüber dachte sie nach, während sie mir weiter beim Essen zuschaute, und dann fragte sie, noch immer, ohne zu lächeln und ohne den Anflug von höflicher Konversation, sondern eher so, als ob sie einfach nur eine bestimmte Information haben wolle, was ich denn glaube, wie die den Lachs hier wohl geräuchert haben. Ich verstand kaum, was sie mit ihrer Frage meinte, und auch wenn ich mich später daran erinnerte, vergaß ich in dem Moment, die nützliche und nachdrückliche Phrase einzusetzen, die ich auf dieser Reise mehrfach von Leuten gehört hatte, nämlich »Keine Ahnung!«, also lächelte ich nur und zuckte mit den Schultern, um zu signalisieren, dass ich es nicht wisse.

Unser Gespräch versiegte, ihr Essen kam, und sie senkte ih-

rerseits den Kopf und machte sich an den Reis und das Hähnchen – in gleichmäßigem Tempo, aber auf eine methodische und sorgfältige Weise.
Eine Zeit lang hatte ich das Gefühl, dass wir fünf, in dieser Ecke des Restaurants – das stille, aber zufriedene Ehepaar, das seine Palatschinke aufgegessen hatte und sich wieder seinen vorigen Aktivitäten zugewandt hatte, er seine Zeitung lesend, sie durch den Raum schauend; meine neue Tischnachbarin mit ihrem blassen, faltigen Gesicht, ihrem weißen Dutt, ihrer düsteren Neugierde; meine muskulöse energische Nachbarin zur Rechten mit ihren fest auf den Boden gepflanzten Füßen, ihren wedelnden Ellbogen und ihrem Wecker; und ich –, dass wir fünf ein seltsames Grüppchen waren, und in unserer Vielfältigkeit wirkten wir auf mich, mehr als alles andere, wie eine Gruppe harmloser Insassen einer Station in der Psychiatrie zur Essenszeit, jeder und jede mit den eigenen Schwierigkeiten angesichts der Mahlzeit. In einer solchen Gruppe, dachte ich, wäre ich natürlich die am wenigsten Beeinträchtigte, oder die Gesündeste, obwohl ich etwas übermäßig damit beschäftigt war, mir Notizen über die anderen zu machen.
Irgendwann war die Schnellesserin, die trotz ihrer Geschwindigkeit nicht die ältere Frau überholt hatte, mit ihrem Mittagessen fertig, und die ältere Frau hatte ebenfalls aufgegessen, und beide bezahlten ihre Rechnungen. Die ältere Frau wickelte die Transaktion einfach und entschlossen ab und nannte den Betrag, den die Kellnerin bekommen sollte – etwas mehr als den Preis der Mahlzeit –, während die Schnellesserin auf eine leicht verwirrte Weise agierte, indem sie das Geld auf ihrer Handfläche liegen und sich von der Kellnerin beim Abzählen helfen ließ. Meine ältere Tischnachbarin schlüpfte unauffällig in ihren beigefarbenen Regenmantel, nahm ihre Handtasche und verließ leise das Restaurant, wäh-

rend der Großteil meiner Aufmerksamkeit auf die schnelle Tischnachbarin gerichtet war.
Ihre Vorbereitungen zum Verlassen des Restaurants waren recht aufwendig, vor allem im Vergleich mit der Dame an meinem Tisch. Nachdem sie von der Bank aufgestanden und in die Mitte des Raums gegangen war, wo sie mehr Platz hatte, um sich zu bewegen, machte sie ganz ungeniert und selbstbewusst den Knopf und Reißverschluss ihrer Hose zu, die sie offensichtlich aus Bequemlichkeit während des Essens aufgemacht hatte. Dann verstaute sie ihren Wecker und ihr Notizbuch in ihrer Handtasche – zuvor hatte sie schon den Stift zurückgegeben, hatte ihn mir gereicht, damit ich ihn an den friedlichen Ehemann weitergeben konnte. Als Nächstes machte sie sich auf den Weg durch die Tischreihen, um ihre Zeitung in das Regal am anderen Ende des Raumes zurückzulegen, kehrte dann aber um, als ihr einfiel, dass es ihre eigene war. Als sie fast wieder an ihrem Tisch war, fing sie die Geschäftsführerin ab, um ihr etwas zu sagen, worauf diese stehen blieb und wartete. Die Geschäftsführerin ging weg und kam mit einem Terminkalender zurück, und die beiden berieten sich, während sie dabei auf die Seiten schauten. Vielleicht trug die Geschäftsführerin eine Reservierung für den nächsten Tag ein, auch wenn mir das in einem so zwanglosen Mittagslokal wie diesem merkwürdig vorkam. Oder vielleicht wollten sie auch eine andere Art von Reservierung ausmachen, obwohl ich keine Vorstellung davon hatte, was diese sein könnte. Dann ging sie in eine der Toiletten, deren Türen gegenüber von unseren Tischen waren, und kam wieder heraus. Schließlich zog sie ihre Regenjacke über und nahm ihre Handtasche, nickte ihren Tischnachbarn links und rechts zu, verabschiedete sich, ging zurück durch die Tischreihen und verschwand aus der Tür.

Ich wunderte mich weiter über den offenen Terminkalender und die Reservierung, und ganz allgemein über diese Frau. Was hat sie gemacht? Wer war sie? Lebte sie in der Stadt oder war sie zu Besuch hier? Sie schien mit dem Ort sehr vertraut zu sein, sie wirkte nicht wie eine Besucherin, und sie war auch nicht wie eine Besucherin gekleidet. Ich dachte, sie sei eine Einheimische, die hier gern zu Mittag isst. Und doch schienen die Geschäftsführerin und die Kellnerin sie nicht auf die Art zu kennen, wie sie eine Stammkundin kennen würden. Andererseits, vielleicht kannten sie sich auch, zogen es aber vor, ihre Distanz zu wahren.
Das stille Paar saß immer noch still da, beide blickten jetzt leer vor sich hin, immer noch farblos freundlich und entspannt.

Nach einem langen Nachmittag, an dem ich mehrere Straßen auf und ab gegangen war, in die Flure und Treppenhäuser kleiner Wohnhäuser reingeschaut habe, die mich aufgrund ihres Alters oder ihrer Beschaffenheit interessierten, stieg ich die in die Felswand gehauenen Stufen zum Kapuzinerkloster hinauf, überquerte abermals den Fluss und ging weiter bergauf über den Domplatz und auf den riesigen Residenzplatz, wo eine Bücherverbrennung der Nazis stattgefunden hatte, und blieb stehen, um die Gedenktafel zu lesen, die ein gutes Zitat von Heinrich Heine über die Bücherverbrennung enthielt, lief unter einem plötzlichen Regenschauer zum Torbogen des Panorama Museums Salzburg, betrat das Museum, um das berühmte Stadtpanorama aus dem 19. Jahrhundert zu sehen, kaufte im Souvenirladen ein Stück rötliches Salzgestein aus dem Salzburger Bergwerk, ging weiter bergab zu Mozarts Geburtshaus, um jeden Raum in jedem Stockwerk zu besichtigen und einen Augenblick in seinem Geburtszimmer innezuhalten, und ich kehrte über den Fluss zurück, um das größere Haus zu sehen, in dem seine Familie in seiner späteren Kindheit gelebt hatte, und um durch den großen Ballsaal dieses Hauses zu spazieren, in dem Tanzkurse abgehalten worden waren, war ich müde, als der Abend nahte. Die Museen schlossen, es ging auf die Abendessenszeit zu, und ich hatte die wichtige Entscheidung zu treffen, wo ich essen sollte.

Einige Bekannte, mit denen ich am Abend zuvor bis spät in die Nacht auf einer Caféterrasse mit Blick auf eine breite, dunkle, begrünte Straße mit riesigen Residenzen aus dem 19. Jahrhundert zusammengesessen hatte, hatten mir mehrere Vorschläge gemacht, die jeweils von einer ausführlichen Diskussion begleitet waren, und ich hatte sie alle sorgfältig aufgeschrieben. Doch jetzt war ich müde, und ich war nicht mehr in so guter Stimmung wie am vorigen Abend, und ich hatte nicht mehr den Antrieb und die Entschlossenheit, zurück ins Herz der Stadt zu gehen und eines dieser Restaurants aufzusuchen. Ich wollte in mein Hotel zurück, das in der entgegengesetzten Richtung lag, und ich wollte mich ausruhen und dann im Zimmer bleiben.

Vielleicht hatten mir meine Bekannten gesagt, dass das Hotelrestaurant auch recht gut war, oder vielleicht war ich auch nur erschöpft ins Hotel zurückgekehrt, um die Abendessenszeit abzuwarten, und hatte mir die Speisekarte, die vor der Tür des Restaurants aushing, angesehen und beschlossen, dass es gut genug wäre. Auf jeden Fall ruhte ich mich in meinem Zimmer aus, bis zum frühestmöglichen Zeitpunkt, an dem ich runtergehen konnte, und dann ging ich wieder runter und ins Restaurant.

Dort stellte ich jedoch fest, dass der Hauptspeisesaal im hinteren Teil des Restaurants für eine große Reisegruppe reserviert war. Während ich an der langen Theke des Restaurants stand, sagte man mir, ich könne durchaus im Restaurant essen, müsste allerdings im Barbereich Platz nehmen – in dem weitläufigen Raum, in dem wir miteinander sprachen. Ich sah mich um. Es gab eine verspiegelte Wand, Holzstühle, zahlreiche Holztische mit rot-weiß-karierten Tischdecken und einer Reihe von Fenstern, die auf die Straße hinausgingen. Es wirkte nicht so ruhig und gemütlich wie der Raum, den ich mir vorgestellt hatte, aber solange ich von der regulären Speisekarte essen könnte, machte es mir nichts aus. Ich dachte, vielleicht wäre es sogar interessant. Ich setzte mich an einen Tisch an der verspiegelten Wand mit Blick zum Eingang, wo ich den ganzen Raum überblicken konnte. Ich nahm dieselbe literarische Wochenzeitschrift hervor, die ich beim Mittagessen bei mir gehabt hatte und entspannte mich und genoss die ruhige Wartezeit, bis ich zunächst ein Getränk bestellen konnte, dann auf das Getränk wartete und anschließend auf das Essen wartete, während ich mich gegen die bequeme gepolsterte Sitzbank lehnte und meine müden Beine ausruhte.

Bald hatte ich mein Glas Weißwein und bestellte das ansprechende und überraschende Gericht, das ich auf der Speisekarte gefunden hatte – Fenchelrisotto. Ich las meine Zeitung, sah den anderen zu, wie sie sich an ihre Tische setzten, und beobachtete die Tür, durch die jetzt die Reisegruppe kam. Die Leute strömten durch den Raum in Richtung der Tür zum Hauptspeisesaal, die sich in meiner Nähe hinter einem Schrank mit Silberbesteck und Servietten befand, und als sie eintraten, schaute nahezu jedes Mitglied der Gruppe quer durch den Raum in meine Richtung und starrte mich ernst und kritisch an. Ich begann mich zu fragen – lag es an meinem Aussehen? Nein, denn schließlich lag es gar nicht an mir –, sie betrachteten alle sich selbst in dem Spiegel über meinem Kopf.

Mein Risotto ließ wegen der Ansprüche der Reisegruppe auf sich warten, doch als sie dann mit ihrem eigenen Essen beschäftigt waren, wurde es endlich serviert, und ich aß es gerade – und fand es sehr gut –, als zwei weitere Personen den Raum betraten – zwei Frauen. Zu meiner großen Überraschung war eine davon doch tatsächlich meine schnell essende Tischnachbarin vom Mittagessen. Wie konnte das nur passieren? Wie groß war die Wahrscheinlichkeit, dass dies passieren konnte? Salzburg war keine kleine Stadt. Wo war sie den ganzen Nachmittag über gewesen, und was hatte sie gemacht?

Sie hatte sich nicht umgezogen: Sie war genauso gekleidet, wie sie um die Mittagszeit das andere Restaurant verlassen hatte – die kurze Regenjacke und das T-Shirt mit dem Pro-EU-Slogan.

Ihre Begleitung war eine jüngere Frau in einem roten Pullover mit dunklem Haar und Pferdeschwanz, die zunächst etwas mürrisch aussah, die sich aber, wie ich später beobachten konnte, obwohl sie mir den Rücken zugewandt hatte, während des Essens angeregt unterhielt. Sie fanden einen Tisch nicht weit entfernt von mir, nahmen Platz und bestellten Getränke, Salate und, so wie es ausschaute, das gleiche Fenchelrisotto.

Die Schnellesserin aß wieder schnell und hielt ab und zu inne, wie schon während des Mittagessens, um sich in ein großes weißes Taschentuch zu schnäuzen, mit demselben lauten Geräusch wie zuvor. Jetzt hingegen redete sie beim Essen auf eine scheinbar überschwängliche und temperamentvolle, wenn auch schnelle Weise, und sie lachte gelegentlich.

Ich stellte mir dieselben Fragen, die ich mir schon beim Mittagessen gestellt hatte – lebte sie hier in der Stadt? Wenn nicht, warum war sie dann so leger gekleidet? Aber wenn ja,

warum ging sie dann zweimal an einem Tag auswärts essen? Wer war ihre Begleitung? Keine Tochter, eindeutig. Die Tatsache, dass sie in demselben Restaurant war wie ich, konnte ich mir nicht erklären. Offensichtlich mochte sie dieselbe Art von Restaurant wie ich, doch das war nicht genug, um den Zufall zu erklären.
Während des Essens gesellte sich zu den beiden ein stämmiger, älterer Herr, der ihnen anstatt eines Kusses zur Begrüßung die Hände schüttelte. Er aß nichts, sondern nippte an einem Kaffee, während die drei sich unterhielten. Und wer war er? Ein Freund? Ein Anwalt? Die Tatsache, dass sie in geselliger Runde mit zwei Begleitern aß, ließ sie mir weniger merkwürdig erscheinen als beim Mittagessen, und trotzdem blieb ihr ungewöhnliches Verhalten von mittags eine Tatsache. An diesem Abend hatte sie wenigstens nicht den Wecker vor sich auf dem Tisch stehen. Ihre Hose hatte sie wahrscheinlich – aber eben kaum mit Sicherheit – nicht aufgeknöpft.
Ich überlegte eine Weile, die Kellnerin anzusprechen, die einige der Gäste zu kennen schien, und sie zu fragen, ob diese Frau eine Stammkundin war und ob sie mir etwas über sie erzählen könnte. Aber mir fiel nichts ein, wie ich das hätte tun sollen. Ich war mit meiner Mahlzeit lange vor der schnell essenden Frau fertig und verließ das Restaurant, weil ich dachte, ich könnte auch später noch einmal aus meinem Zimmer runterkommen und mit der Kellnerin sprechen. Das habe ich nicht getan – auf Deutsch wäre es zu kompliziert gewesen, und es hätte auch zu merkwürdig ausgesehen.
Ein weiterer Zufall: Obwohl mein Mittag- und mein Abendessen an diesem Tag völlig unterschiedlich waren, waren meine Rechnungen exakt gleich – auf den Cent.

Das war eine einfache Geschichte, und vielleicht war sie sinnlos. Aber ich erinnerte mich noch am nächsten Tag im Zug durch die Berge Richtung Zürich an die schnell essende Frau. Ich erinnerte mich an sie, auch weil ich wieder die Geschichten von Peter Bichsel las und weil ich mich interessierte für die Art und Weise, wie er die Menschen in seiner Welt beobachtete und über sie schrieb, und für die Art und Weise, wie er eine Geschichte konzipierte und konstruierte. Ich las seine Geschichten im Zug und dachte ab und zu an diese Frau, doch ich beobachtete auch die anderen Fahrgäste, einer von ihnen war der weißhaarige Mann mir gegenüber. Er war selbst wie eine Figur in einer Bichsel-Geschichte, ein so eifriger Leser, dass er selbst beim Betreten des Abteils ein aufgeschlagenes Buch in der Hand hielt und weiterlas, sobald er in seinen Sitz gesunken war, die Jacke hatte er noch an, während er sich mit einem Fuß im Gang gegen die Bewegung des Zuges abstützte.

## Berühmtheitsgrund #6: Theoderich

Ich habe mindestens eine Sache gemeinsam mit Theoderich, dem König der Ostgoten. Wir beide interessieren uns für die Stadt Arles in Frankreich und haben einen Teil unseres Privatvermögens in sie investiert.

Theoderich, der im sechsten Jahrhundert einen Teil des Jahres in der Stadt verbrachte, schenkte dem Heiligen Caesarius, dem Erzbischof von Arles, eine beträchtliche Summe Geld für die Gründung eines Klosters, das hoch auf dem Hügel am nördlichen Ende der Stadt errichtet und von der Schwester des Heiligen, Caesaria, geführt werden sollte.

Mein eigener Beitrag war bescheidener. Nachdem ich als Besucherin von Arles Geld ausgegeben hatte für ein Hotelzimmer und viele Mahlzeiten in Restaurants sowie für einige Souvenirs, darunter Postkarten, Bücher und einige Stoffbahnen, stellte ich nach meiner Rückkehr nach Hause fest, dass mein Interesse an der Stadt nur noch größer wurde, als ich mehr über ihre Geschichte las, einschließlich der Geschichte des Heiligen Caesarius sowie Theoderichs, und schließlich überwies ich einen Mitgliedsbeitrag von 42 Dollar, um dem historischen Verein Les Amis du Vieil Arles beizutreten, was so viel bedeutet wie »Freunde des alten Arles«. Seitdem zahle ich regelmäßig meinen Jahresbeitrag und erhalte dafür alle Dreivierteljahre einen Newsletter mit ausführlichen Artikeln über die Geschichte der Stadt, die für mich im Allgemeinen von großem Interesse sind, auch wenn die letzte Ausgabe zu meiner Enttäuschung ganz dem Stierkampf gewidmet war.

## Im Zug belauscht:
## Zwei alte Damen sind sich einig

»Alles wird schlimmer.«
»Wird irgendetwas besser?«

## Weitere Korrekturen

die Großbuchstaben bei Navy beibehalten
streiche »versuchen« in Allein Fisch essen
»Laute Frauen« von »Widerliche Männer« trennen
»welche«, wenn darauf ein Komma folgt, würde uns denken lassen, die Bäume seien die Hühner, die sich zum Schlafen niederlassen
falsches Komma beibehalten
Komma vor Parkplatz einfügen
die einfachere Lösung wäre, das Lamm zu entfernen
»und spart« nach »sammelt« einfügen
»aus dem Haushalt« nach »weggeworfene Papierstücke« einfügen
»Aerogramm« in »Aerogrammbrief« ändern
»blaues« vor »Aerogramm« einfügen
»Brokkoli« und »Salat« in typische indonesische Gemüse ändern
(indonesisches Gemüse recherchieren)
kleines Mädchen im Blaubeerstrauch herausnehmen

## Liebes Team von Who Gives a Crap

vielen Dank für die kürzliche Sendung, die mich schnell erreichte. Ich bin froh, sie erhalten zu haben. Ich habe ein gutes Gefühl dabei, Recycling-Toilettenpapier zu verwenden, auch wenn es sich nicht immer sauber von der Rolle abreißen lässt und etwas grob ist, aber daran haben wir uns schnell gewöhnt, und vielleicht mögen wir es bald ja sogar richtig. Auf jeden Fall nehme ich lieber eine kleine Unannehmlichkeit in Kauf, als für die Abholzung alter Bäume in kanadischen borealen Wäldern mitverantwortlich zu sein, nur um in den Genuss von makellosem Toilettenpapier zu kommen, das weicher ist und sich leichter abreißen lässt. Auch weiß ich zu schätzen, was Sie tun, um Menschen auf der ganzen Welt Zugang zu Toiletten zu ermöglichen.

Aber darf ich eine Bitte äußern? Die erste Sendung, die Sie geschickt haben – unsere erste Bestellung –, kam in einem »neutralen« Pappkarton, der mir lieber war. Auf der letzten Sendung stand ihr Firmenname drauf. Das finde ich ein wenig unangenehm. Der Name mag für manche Leute amüsant sein und mich stört er nicht – oder nicht sehr –, aber in der Nachbarschaft, in der ich wohne, ist es etwas peinlich, wenn er zu sehen ist, und es ist sicherlich auch keine Wortwahl, die ich selbst verwenden würde. Tatsächlich erscheint mir die Ausdrucksweise generell problematisch, denn sie ist unhöflich und drückt (auch wenn ich weiß, dass Sie es ironisch meinen) eine Haltung brutaler Gleichgültigkeit aus, die in der heutigen Zeit nur allzu verbreitet ist. Ich bin sicher, dass Sie Ihren Firmennamen nicht ändern werden, aber könnten

Sie bitte die Option anbieten, Ihr Produkt in einem neutralen Karton zu versenden?
Außerdem gefällt uns die individuelle Verpackung der Toilettenpapierrollen – gestreift und gepunktet und in so schönen Pastellfarben. Den Karton aufzumachen, ist, als öffne man eine Schachtel voller Geschenke. Aber wenn Sie Ihren Firmennamen nicht mitten aufs Papier drucken würden, könnten wir es noch zum Einpacken von kleinen Geschenken verwenden, auch wenn es ein wenig zerknittert wäre, denn wir sind prinzipiell gegen das Bügeln. Passt das nicht besser zu Ihrer Idee, Papier wiederzuverwenden, statt Einweggeschenkpapier zu nutzen? Bitte denken Sie darüber nach, Ihren Firmennamen in die Ecke der Verpackung oder an die Seite zu drucken. Vielen Dank.

Mit freundlichen Grüßen.

## Nieser im Zug

Der adrette, schlanke, rundgesichtige junge Mann auf der anderen Seite des Ganges in der Reihe vor mir niest. Der Mann auf dem Sitz hinter ihm, der eine Glatze hat und ein rosa gestreiftes Hemd trägt, sagt: »Gesundheit!«, nicht laut, aber sehr deutlich. Der schlanke Mann erschrickt, bekommt einen besorgten Blick, dreht sich aber nicht um. Dann niest der Mann auf dem Platz hinter mir zweimal hintereinander, ganz schnell. Ich warte darauf, dass der Mann auf der anderen Seite des Ganges ihm auch Gesundheit wünscht, doch er sagt nichts. Der schlanke Mann niest erneut, aber dieses Mal sehr leise, und er erstickt seinen Nieser sorgfältig sowohl mit einem Taschentuch als auch einem Schal, dann dreht er langsam den Kopf, um einen diskreten Blick über die Schulter auf den Mann hinter sich zu werfen, der weiterhin schweigt. Viel später während der Fahrt ist der schlanke Mann längst aus dem Zug verschwunden, und der Mann hinter mir ist durch eine Frau ersetzt worden. Jetzt gibt diese Frau vier winzige, hochtönige, unterdrückte Nieser hintereinander von sich, gefolgt von einem fünften. Ich warte und lausche. Der Mann auf der anderen Seite des Gangs im rosa gestreiften Hemd sagt wieder nichts. Entweder hat er das Interesse verloren, während er über seinen Bildschirm gebeugt dasitzt, oder er ist der Ansicht, dass einmal »Gesundheit« pro Fahrt ausreicht.

## (Manche) Trinkgewohnheiten des Mannes

Er trinkt gerne an Flughafenbars, er trinkt gerne in Zügen, und er trinkt gerne in der Bar an der South Station und in jeder Hotelbar.
Er mag diese Bars und den Zug, weil ihn niemand kennt und alle auf einer Reise sind oder kurz vor einer Reise stehen.
Er weiß, dass die Menschen an diesen Orten Bindungen eingehen – allerdings keine persönlichen.

## Die Interessen des Alters

Eine alte Dame fragt uns freundlich nach dem Gesundheits-
zustand
einer anderen alten Dame, die wir kennen,
mit besonderer Besorgnis
um die Regelmäßigkeit
ihres Stuhlgangs.

## Die Menschen in meinen Träumen

1

»Was bedeutet *Pension*?«
»Schickt Thomas seiner Familie Geld nach Hause?«

Das waren die Fragen, die mir eine mollige, ungepflegte Frau mittleren Alters in einem Traumfetzen stellte, den ich letzte Nacht hatte, als ich gerade am Einschlafen war.
Wer ist diese Frau? Warum will sie – eindringlich, flauschhaarig, stirnrunzelnd – die Bedeutung von *Pension* und die Gewohnheiten dieses mysteriösen Thomas erklären? Und jetzt, wo ich aufgewacht bin, wo ist sie hin mit ihrer Verwirrung und ihrer Dringlichkeit?

2

In meinem Traum rufe ich, während ich am Nachmittag döse, aus einem Autofenster heraus, um andere irgendwo da draußen zu erreichen, doch der Einzige, der mich hört, ist ein norwegischer Mann am Straßenrand. Er trägt ein rotkariertes Flanellhemd und stutzt oder schneidet ein paar Sträucher. Er tritt hinter meinem Auto auf die Straße und ruft mir mit einem Stirnrunzeln – auf Norwegisch –, nicht wütend, sondern vorwurfsvoll, hinterher, weil ich ihn erschreckt habe.
Wo ist er jetzt hin, da mein Traum ein Ende hat? Nachdem mein Auto vorbeigefahren ist und mein Traum endet, kehrt

er wieder zum Schneiden oder Stutzen am Straßenrand zurück und schaut ab und an über die Schulter auf die Straße, in Richtung der Stelle, an der mein Auto verschwunden ist?

3

Jemand fragt mich, wer hier wohnt. Dann sehe ich ihn, den Mann, der hier wohnt.
Er war mir vorher nicht aufgefallen, aber er ist ganz in unserer Nähe, wo wir stehen. Er sitzt fast verdeckt auf einer Art Korbstuhl mit hoher Lehne auf diesem breiten Terrassenbalkon. Er ist ein großer Mann, gut gekleidet in einem hellbraunen Anzug und Budapestern. Ich kann an seinem Ausdruck erkennen, dass er reserviert, aber gelassen und freundlich ist, wie er da so weit zurückgelehnt im Stuhl sitzt und nicht zu uns, sondern geradeaus schaut mit einem leichten Lächeln im Gesicht. Er kommt mir vage bekannt vor, als wäre er mir in einem früheren Traum erschienen. Oder vielleicht wirkt er auch nur vertraut.

4

In einer Bar tanzt ein Mann auf der anderen Seite des Tresens ausgelassen mit seiner Partnerin, die er weit nach hinten neigt. Er ist ein kleiner, aber muskulöser Mann, sie ist ebenfalls klein und muskulös und trägt einen Rock, der um ihre kräftigen Waden wirbelt.
Tanzen sie auch noch, nachdem ich aufgewacht bin?

5

In einer anderen Nacht taucht dieser Mann nur kurz auf: Er ist groß, kräftig und glatzköpfig, trägt ein T-Shirt, dessen Ärmel abgeschnitten sind, sodass seine muskulösen, tätowierten Arme ganz sichtbar sind. Er trägt abgeschnittene Jeans, sodass auch seine kräftigen langen Beine zu sehen sind. Er hält etwas wie einen Stock oder eine Eisenstange in der Hand, bedroht mich aber nicht damit. Doch er sieht verärgert aus oder böswillig.

6

Da ist die Person, die A. einmal gesehen hat. Ich war im Traum bei ihm, so wie ich es auch im Wachzustand häufig bin, und er sagte plötzlich, »Was macht *sie* da?«. Wir haben beide etwas beobachtet, doch nur er konnte es sehen, während ich nur den weißen Raum sah.
Wo waren wir, wer war sie, was *hat* sie denn gemacht? Ich hätte fragen können, nachdem ich aufgewacht war, doch er hatte nicht denselben Traum gehabt und würde meine Fragen nicht beantworten können.

7

Ich versuche, einem Engländer behilflich zu sein, einen kleinen See zu überqueren. Er muss eine bestimmte Straße auf der anderen Seite erreichen. Der Engländer ist empfindlich und alt und klammert sich auf eine Weise an mich, die ich als störend empfinde. Ich lasse ihn einen Moment lang auf

dem Pier stehen und gehe über eine Laufplanke zu einem großen Boot. Seine Zugangsbrücken sind voll von verrückten und senilen alten Leuten. Ich will sehen, ob der alte Mann in diesem großen Boot den See überqueren kann.
Doch mein Traum endet abrupt dort, und so bleibt der alte Mann auf dem Pier stehen, allein, vielleicht sogar noch aufgeregter und verängstigter als zuvor, und wartet auf meine Rückkehr.

8

Diesmal ist es nur eine Stimme, die eindringt in das Bild, das ich gerade im Kopf hatte, als ich einschlief. Sie sagt: »Wie kannst du … wenn du weißt, wie du heißt?«

9

Und wer ist diese rechthaberische Frau, die mir während eines kurzen Mittagsschlafs erschien und wieder verschwand: Sie widerspricht jemandem (nicht mir) und sagt: »Nein, du hältst es keine *Stunde* lang aus, auf einem Teetisch zu stehen!«

## Die Geräusche eines Sommernachmittags

Das Geräusch des Aufsitzmähers ein paar Häuser weiter ist ein sanftes unablässiges Dröhnen. Doch zumindest übertönt es das Geräusch der Rennstrecke auf der anderen Seite des Hügels – ein wütendes Röhren, das immer wieder anschwillt und abfällt, wie eine kontinuierliche Enttäuschung. Doch das Schlimmste ist, wenn sowohl der Aufsitzmäher als auch die Dragstrip-Rennstrecke verstummen. Dann hören wir schnelle, regelmäßige Schüsse aus dem Wald – Zielübungen mit einem Gewehr. Oder das einzelne heisere Krächzen und Gackern einer Krähe über uns. Oder das Heulen einer Stechmücke dicht neben unserem Ohr. Oder das hochtönige Rufen und Schimpfen der Ehefrau des Nachbarn. Oder das Summen einer Hummel, die auf einer Blume landet und dann weiterfliegt – immer derselbe Ton, vielleicht ein B. Oder das Tschilpen einer Schwalbe, das als albernes Klappern endet. Oder das monotone Zwitschern einer Schwirrammer. Oder das endlos plappernde Trillern eines Rotkehlchens. Oder das Räuspern mit dem trockenen Seitenumblättern einer lesenden Person ganz in der Nähe.

## Drei Todesfälle und ein altes Sprichwort

1

Ein Hund, der über ein Stück warmes Pflaster lief, bekam einen Stromschlag. Seine Haare standen ihm zu Berge, er kläffte, rannte ein paar Meter und fiel tot um. Der Tierarzt, der ihn später untersuchte, sagte seine Lunge sei voller Blut gewesen.

2

Eine Frau aus Manitoba war vier Stunden lang klinisch tot und lag in einer Schneewehe auf der Straße, sie hatte keinen Mantel an bei Temperaturen, die unter minus 34 Grad gefallen waren. Obwohl sie zum Zeitpunkt ihrer Entdeckung keinen Herzschlag hatte, wurde sie später wiederbelebt. Wie man feststellte, war ihr Gehirn so stark eingefroren, dass es keinen Schaden davontrug.

3

Eine andere Frau aus dem Norden, die unter schweren Depressionen litt, erstickte ihr Kind mit einer Handvoll Schnee.

4

Altes Sprichwort: Man kann niemals so tot sein, dass man nicht den Ruf der Krähen hören kann.

## Wahre Tatsache

Als ich noch jung war,
besuchte ich einmal die Chelsea Flower Show in London
mit der dritten Frau des zweiten Mannes meiner Mutter.
Das ist eine wahre Tatsache.

## Hochzeit

•••••••

Reverend Leslie Dunton, Pastor,
vollzog die Trauung um 16.00 Uhr.

Die Braut wurde von ihrem Vater zum Altar geführt.

Sie trug ein langes
prinzessinnenhaftes Nachmittagskleid
aus weißer Baumwollspitze, gefüttert mit weißem Taft.
Ihr kurzer Illusionsträger
fiel von einem Tüllband aus perlenbesetzter Spitze,
und sie hielt ein weißes Gebetbuch in der Hand,
das verziert war mit einer Kaskade
aus weißen Prachtlilien
und Zweigen von weißem Heidekraut,
eine schottische Tradition.
Als etwas Altes
trug sie eine Lavallière mit Perlen und Diamanten,
ein Geschenk ihrer Großmutter,
und sie hatte das Taschentuch ihrer Großmutter bei sich.

Mrs. James Bunch aus Eugene
war die Trauzeugin der Braut.
Sie trug ein Kleid mit vollem Rock aus polierter Baumwolle
in tiefem Waldgrün
mit einem passenden Kopfband,
das mit weißen Blumen besetzt war.
Sie trug einen gänzlich weißen Blumenstrauß

in kolonialem Arrangement
aus Levkojen, Nelken und Chrysanthemen.

Mr. Bunch war Trauzeuge.

Die Mutter der Braut trug ein Kleid aus blauem Seidenfaille
von Dior
mit marineblauen Accessoires
und die Mutter des Bräutigams ein Kleid aus aquafarbener Faille
mit schwarzen Accessoires.
Beide trugen Ansteckssträußchen aus kleinen weißen Chrysanthemen.
Die Orgelmusik bei der Zeremonie
wurde gespielt von Mrs. Stanley Olson.

Beim Hochzeitsempfang
war der Tisch mit Erfrischungen
mit einem chinesischen Tuch aus weißem Grasleinen gedeckt,
ein Familienerbstück.
Der Tischschmuck bestand aus grünen Spinnen-Chrysanthemen
und Muschelblumen.
Die Hochzeitstorte war eine mehrstöckige dunkle englische
Obsttorte,
gebacken von einer Tante der Braut,
Mrs. A. L. Leathers aus Seattle.

Die Torte wurde von Mrs. Weidkamp angeschnitten.
Der Tee wurde von Mrs. Conrad und Mrs. Schuttpelz ausgeschenkt.
Miss Nancy Grant führte das Gästebuch
und D. J. Grant servierte Punsch.

Für ihre Hochzeitsreise an die Küste
wählte die Braut einen Anzug aus blassblauem Tweed,
dazu einen roten Samthut und Accessoires.
Sie trug ein Ansteckstäußchen aus weißen Nelken,
die eine Garnet-Rosenknospe umringten.

Die Braut und der Bräutigam wohnen nun in der Cal Young Road in Eugene.

## Versuch, mit ihr Kontakt aufzunehmen

Wir haben uns lange nicht mehr gesprochen,
mehr als zehn Jahre, vielleicht vierzehn –
Die Zeit verstreicht, und ich verliere den Überblick.

Sie ist nicht weit weg.

Ich weiß, sie würde das gerne hören.
Und inzwischen gibt es so viele andere Neuigkeiten.

Sie ist gleich oben, was von ihr übrig ist.
Früher war sie im oberen Stockwerk, in der Ecke des Zimmers.
Dann stellten wir ihr hübsches Gefäß auf ein Regal.

Man sollte meinen, es gäbe irgendeine Möglichkeit –
zumindest für einen kurzen Besuch.

## Zwei Betrunkene beim Abendessen

Sie war ein bisschen betrunken, als sie das Abendessen kochte, und ließ alles anbrennen.
Er war ein bisschen betrunken, als er es aß, und es war ihm egal.

## Hässlich?

Ich bin mir nicht sicher, ob diese Lampe hier in diesem Laden hässlich ist.
Vielleicht ist sie hässlich, vielleicht ist sie aber auch einfach nur ungewöhnlich, bunt und seltsam.
Andererseits ist auch alles andere in diesem Laden hässlich.
Also ist die Lampe wahrscheinlich auch hässlich.

## Was ich verstehe

Ich verstehe eine ganze Menge, an manchen Tagen glaube ich sogar, dass es vielleicht wirklich nichts gibt, was ich nicht verstehe, oder besser gesagt, nichts, was ich nicht verstünde, wenn man es mir sachlich darlegen würde, was auch immer es sein mag, ganz gleich, aus welcher Disziplin, aus welchem Land der Welt, aus welcher Kultur und welcher Geschichte es stammt. Doch jetzt, wo ich das gesagt habe, wird mir klar, dass das vielleicht nicht die Wahrheit ist. Es fällt mir auf, dass es Dinge gibt, die ich nicht verstehe, so sehr ich mich auch bemühe, wie zum Beispiel bestimmte mathematische Konzepte oder bestimmte institutionelle Regelungen oder bestimmte medizinische Zustände, ganz egal, wie oft oder wie sachlich mir diese Dinge erklärt werden, und ganz egal, ob sie aus meiner eigenen Kultur oder einer anderen stammen. Manchmal verstehe ich sie für einen Augenblick, so lange ich mich anstrenge, sie zu verstehen, und dann, sobald ich an etwas anderes denke oder für eine Weile weggehe und wiederkomme, verstehe ich sie wieder nicht. Und selbst wenn sie mir erklärt werden, verstehe ich sie auch weiterhin nicht, wenn ich ein paar Minuten über etwas anderes nachgedacht habe. Und so ist es schließlich die Wahrheit, dass mich bestimmte Disziplinen verwirren, in einigen Bereichen gerate ich ins Stocken, auf manchen Gebieten bin ich verloren.

## Wie er sich mit der Zeit veränderte

Früher spielte er Geige, doch dann, als seine Finger dicker wurden und ihre Beweglichkeit verloren, frustrierte das Spielen ihn bald, und dann langweilte es ihn. Er legte die Geige endgültig in ihren Geigenkasten, ließ ihn in einen Lagerraum bringen und lud stattdessen andere zu sich ein, abends für ihn und seine Familie zu musizieren. Mit der Zeit wurde er auch dieses Spielens der anderen überdrüssig, und er lud weder Musikerinnen und Musiker in sein Haus ein, noch hörte er gerne Musik an, außer vielleicht ganz selten einen patriotischen Marsch, der von weit her zu hören war.

Früher stellte er das Nötigste an Lebensmitteln, Ausrüstung und Führern für Gruppen von Männern zusammen, die auf Entdeckungsreise gingen. Sie brachten ihm nicht nur Berichte über das, was sie gesehen hatten, sondern auch hübsche Artefakte wie gefiederte Kopfbedeckungen oder kleine handgefertigte Äxte und andere Werkzeuge. Diese stellte er in seiner geräumigen oktogonalen Eingangshalle aus, und wer ihn besuchen kam und auf eine Privataudienz wartete, vertrieb sich die Zeit mit dem Betrachten der Artefakte und damit, etwas über die indigenen Stämme des Landes zu lernen. Genau das hatte er im Sinn gehabt, als er die Artefakte an den Wänden und in den Vitrinen ausstellen ließ. Doch dann wurde er der Artefakte überdrüssig und verlor das Interesse daran, was sie über andere Kulturen aussagten, und kümmerte sich nicht mehr um die Aufklärung der Öffentlichkeit. Er ließ alles in der Eingangshalle von den Wänden und aus dem Haus entfernen und an ein Museum verkaufen. Die kahlen Wände, eine Wohltat für seine Augen, sollten anschließend golden angestrichen werden. Er schickte keine Gruppen von Männern mehr aus, um die Wildnis zu erkunden, denn er hatte kein Interesse mehr an anderen Landschaften, der Tierwelt und den Naturvölkern, die sie bewohnten. Geografie verwirrte ihn nurmehr noch.

Früher importierte und trank er feine Weine aus Frankreich. Doch dann gab er den Konsum von Alkohol auf und belegte importierte Weine mit hohen Zöllen. Konnte er die Weine schon nicht genießen, so würde er ihren Genuss durch andere nur umso teurer machen. Allgemeiner ausgedrückt, obwohl er einst Frankreich bewundert und die französische Architektur studiert hatte, um Inspiration für sein eigenes Haus zu erlangen, zollte er diesem Land oder auch nur irgendeinem anderen europäischen Land keinen Respekt mehr. Er war der Meinung, dass die Franzosen mehr noch als andere Europäer möglicherweise klüger und weiser seien als er selbst, und dieses Gefühl veranlasste ihn, sich gegen sie zu wenden.

Er war über einen Meter achtzig groß und überragte die meisten anderen Männer. Einst war er schlank gewesen, und er wusste, dass andere damals von ihm gesagt hatten, er habe »kein überflüssiges Fleisch« an sich. Doch mit der Zeit wurde er schwerer und seine Taille dicker, und beim Gehen krümmte er sich nach vorn, die Augen auf den Boden geheftet.

Früher ritt er auf seinem Pferd über das Gelände des Anwesens und zu anderen Gütern in der Nähe, um seine Nachbarn zu besuchen, und zu Pferde machte er eine stattliche Figur. Doch im Laufe der Jahre, als er alterte und kräftiger wurde, fiel es ihm immer schwerer, sein Pferd zu besteigen, und seine Hände waren nicht mehr so stark und geschickt mit den Zügeln. Das Reiten wurde ihm unangenehm, und er begann, sein Pferd zu verabscheuen, wie das Pferd jetzt auch ihn verabscheute. Er begann, die Gesellschaft aller Tiere zu meiden. Sie schenkten ihm wenig Aufmerksamkeit, und er war inzwischen ein Mann, der sich nach Aufmerksamkeit sehnte. Sie benötigten selbst Aufmerksamkeit und Pflege.

Einst, vor vielen Jahren, hatte er ausgezeichnete Kopien von den besten Gemälden der alten Meister in Auftrag gegeben, um sie an den Wänden seines Salons aufzuhängen. Darunter waren auch die Porträts seiner drei Helden, Männer, deren Schriften er gelesen und wieder gelesen hatte: Francis Bacon, Isaac Newton und John Locke. Doch nach einiger Zeit langweilten ihn die auf den Gemälden dargestellten Personen, oder zumindest berichtete er seiner Frau, dass sie ihn langweilten. Viele der Gemälde zeigten tapfere Männer, weise Männer, gelehrte Männer oder barmherzige Männer; neben den großen Denkern Bacon, Newton und Locke waren es legendenumwobene Männer, Männer aus Mythos und Fabel oder Männer, die in wichtigen historischen Ereignissen eine Rolle gespielt hatten, und nachdem er sie so viele Jahre lang betrachtet hatte, neigte er nun unweigerlich dazu, sich mit diesen Gestalten zu vergleichen. Jetzt wurde er dazu verleitet, seinen eigenen Wert als Mensch in Frage zu stellen, wenn er sie ansah, und das bereitete ihm Unbehagen. Er ließ die Gemälde entfernen und durch schlecht ausgeführte, aber sehr große Porträts von sich selbst ersetzen.

Im selben Salon, der durch drei französische Fenster eines großen Erkers auf den formalen Garten hinter dem Haus blickte, den er selbst Jahre zuvor nach dem Vorbild eines formalen Gartens in Frankreich entworfen hatte, hatte er die Abende früher damit zugebracht, mit seinen Kindern und seiner Frau zu musizieren oder einer Aufführung neuer Musik auf dem Cembalo zu lauschen oder sich auf Französisch mit einem Besucher aus Übersee über neue politische Ideen zu unterhalten. Doch mit der Zeit langweilten ihn all diese Aktivitäten, die zu häufig wiederholt worden waren. Er fand, dass sie ihn im Übermaß ermüdeten, und so zog er sich abends nun immer in ein kleineres Zimmer zurück.

Seine Frau hatte sich früher an seiner Gesellschaft und seinen Gesprächen erheitern können, doch allmählich gewöhnte sie sich an seine abendliche Abwesenheit vom Kreis der Familie. Während er in einem anderen Zimmer saß, grübelte er zeitweilig, das wusste sie. Er glaubte, gewisse Leute blickten auf ihn herab. Er gestattete ihr nicht, ihn zu trösten.

Früher einmal gefiel es ihm, sich neues Wissen anzueignen, zu spüren, wie sein Gehirn aktiv mit etwas Unbekanntem und Herausforderndem interagierte, und aus diesem Grund hatte er ein Buch nach dem anderen gekauft oder geliehen und gelesen. Wissen erwarb er nicht allein durch das Lesen von Büchern, sondern auch durch das Anhören von Vorträgen gut informierter Männer und durch ausführliche Gespräche mit diesen Männern, und manchmal auch durch Gespräche mit Frauen, die intelligente oder vernünftige Ideen hatten, einschließlich seiner Ehefrau. Doch dann wurde er des neuen Wissens überdrüssig. Nun zog er es vor, in dem bestätigt zu werden, was er bereits wusste oder glaubte, zu wissen. Und dann, mit der Zeit – es geschah so unmerklich, dass er es nicht begriff –, veränderte sich sein Wissen nach und nach, sodass es nicht mehr ganz den Tatsachen entsprach, sondern zum Teil falsches Wissen war – zum Teil nurmehr noch ein Irrglaube. Doch weil er die Veränderung nicht wahrgenommen hatte, war ihm dies nicht bewusst.

Früher hatte er fließend Französisch gesprochen und sich gerne mit Menschen aus Frankreich unterhalten. Auch war er in der Lage, Bücher auf Deutsch, Latein und Griechisch zu lesen. Doch als er immer weniger las und damit aufhörte, Besucher aus anderen Ländern bei sich zu Hause zu empfangen, begann er diese Sprachen zu vergessen. Und als er sie vergaß, hatte er darüber hinaus den Eindruck, dass eine derartige Bildung das Privileg von einigen wenigen sei und nicht das Privileg der vielen, und er zog es vor, einer der vielen zu sein oder sich selbst als einen der vielen zu sehen. Oder vielleicht zog er es auch vor, einer der wenigen zu sein, doch die wenigen waren bloß die anderen, es waren die wenigen, die mächtig und wohlhabend waren, nicht die wenigen, die auch sehr gebildet waren.

Er war zeitweise, in manchen Phasen seines Lebens, sehr reich und ging mit seinem Geld großzügig um, baute sein Haus um, erweiterte seine Gärten, vergrößerte seine Bibliothek und kaufte schöne Dinge, vor allem Kleidung, für seine Kinder und seine Frau. Doch war er auch oft bankrott und verkaufte zu diesen Zeiten stets etwas von dem, was er besaß. Als er dann starb, war er wieder hochverschuldet.

Einst genoss er eine Vielzahl von Speisen aus Europa, insbesondere aus Frankreich, die auf viele verschiedene Arten zubereitet und von komplexen Soßen begleitet wurden. Doch mit der Zeit zog er gewisse Stücke Fleisch vor, die immer auf dieselbe Weise zubereitet wurden, sowie einfaches Brot. In der Tat bevorzugte er die meisten seiner Speisen auf einfache Art. Er aß mehr Süßspeisen, oftmals die gleichen, und trank süße Getränke zu den Mahlzeiten.

Einst besaß er eine der größten Privatbibliotheken des Landes, bis es ihm immer schwerer fiel, überhaupt etwas zu lesen. Er verwechselte die Buchstaben, und langsam verlor er sein Augenlicht. Er hätte Korrektionsgläser tragen können, doch war er ein eitler Mann und duldete es nicht, mit solchen gesehen zu werden, nicht einmal von seiner Familie. Auch sein Gedächtnis begann nachzulassen, sodass er nicht mehr fähig war, die Sätze im Kopf zu behalten, falls er doch einmal versuchte, etwas zu lesen. Eine kurze Zeit lang holte er sich Assistenten ins Haus, die mit ihm zusammensaßen und ihm zusammenfassten, was in den Büchern stand, doch auch das wurde bald zu schwierig, denn er konnte weder verstehen noch erinnern, was die jungen Männer sagten, sogar noch während sie es sagten. Manchmal fertigten sie Diagramme und Bilder für ihn an, und er war sogar in der Lage, die Bilder zu verstehen, doch viele komplexe Ideen konnten nicht mithilfe von Bildern dargestellt werden. Komplexe Ideen lehnte er nun ab.
Schließlich erinnerten ihn auch die Bücher in den Regalen zu schmerzhaft an das, was er verloren hatte, sodass er sie verabscheute und entfernen ließ. Er besaß zu diesem Zeitpunkt 6700 Bände. Er verkaufte sie an die Regierung, und sie bildeten den Grundbestand der riesigen Staatsbibliothek. Er ging nie dorthin zu seinen Büchern, da er kein Interesse mehr an Bibliotheken besaß. Seine eigenen kahlen Regale waren, nachdem die Bücher daraus entfernt waren, eine Erleichterung für ihn. Er ließ es nicht zu, dass noch einmal eine klei-

nere Sammlung von Büchern die Regale einnahm. Vor allem erwarb er kein Exemplar von *Don Quijote*, obwohl er dies früher einst vorgehabt hatte. Stattdessen erklärte er, dass die Regale leer bleiben sollten, und er ordnete an, dass sie golden angestrichen werden. Er hatte die Farbe Gold über alles zu schätzen gelernt, da sie eine Substanz von allerhöchstem Wert darstellte. Er ließ nicht nur seine Regale und die Wände seiner Eingangshalle, sondern auch die Rahmen seiner Porträts golden anstreichen.

Einst hatte es ihm Freude bereitet, seine eigenen Zimmer, Gärten und Möbel zu entwerfen, und er hatte gute Handwerker engagiert, um seine Pläne umzusetzen. Nachdem er die Architektur Frankreichs studiert hatte, ließ er dreizehn Oberlichter in seinem Haus einbauen und eine Kuppel errichten, die das Gebäude überkrönte, und er ließ zwei Teile des oberen Stockwerks mit einem Zwischenstockwerk verbinden, was damals eine Neuheit war. Er ließ Alkoven in den Schlafzimmern bauen, in die sich die Betten stellen ließen, um auf diese Weise Platz zu sparen. Für seinen Speisesaal entwarf er einen Speiseaufzug, der in einen Teil des Kaminschachts eingebaut wurde, um heiße Gerichte aus der Küche nach oben zu transportieren, gerade so, wie er es einmal in einem europäischen Gasthaus gesehen hatte. Für sein Arbeitszimmer entwarf er einen drehbaren Bücherständer. Dieser konnte fünf große Bücher auf einmal zum Nachschlagen offen halten. Als er keine Bücher mehr las, ließ er den drehbaren Bücherständer in einem Lagerraum verwahren. Er hätte ihn an eine Bibliothek verkaufen können, doch er hegte keine freundlichen Gefühle mehr für Bibliotheken.

Einst besaß er große Gemüsegärten und Obsthaine und führte ein detailliertes Tagebuch über Anbau, Ernte und Ertrag. Er ging täglich durch die Gärten und Obstplantagen und blieb bei den Gärtnern stehen, um sich mit ihnen zu unterhalten. Doch dann verlor er das Interesse und wurde des Gehens müde. Er hielt sich von den Gärten fern und betrachtete sie nicht einmal mehr durch die Fenster des Hauses. Schließlich ließ er die Gärten umpflügen und Rasen ansäen, und wenn er die Rasenflächen überqueren musste, fuhr er in einem kleinen Karren, der von einem Diener gezogen wurde, da er sich fürchtete, das Gras mit seinen Schuhen zu berühren. Außerdem war er inzwischen zu der Überzeugung gelangt, dass Bewegung etwas Schädliches sei und dass jeder Mensch nur über eine begrenzte Reserve an körperlicher Kraft verfüge, die schnell verbraucht sei.

Er sagte einmal, die Zukunft des Landes hänge ab von der Fähigkeit der Menschen, informierte Entscheidungen zu treffen. Er glaubte weiterhin daran, hielt es jedoch für noch wichtiger, die Entscheidungen der Menschen zu kontrollieren, weshalb er beschloss, auch zu kontrollieren, über welche Informationen sie verfügten. So übermittelte er ihnen nicht nur gute Informationen, sondern, wenn er wollte oder musste, auch eine Fülle falscher Informationen.

Als er noch jung war, hatte er Ideale zum Wohle seines Landes gehabt. Er hatte Visionen davon, was aus dem Land werden würde und wie perfekt seine Regierung und seine Gesellschaft sein könnten. Mit der Zeit jedoch verlor er diese Ideale. Sie ermüdeten ihn. Er verinnerlichte eine andere Idee, die ihn mit Ungeduld erfüllte. Er sah das Land nun als eine riesige und reiche Ressource, die es auszubeuten galt.

Er sagte einmal, dass es zwei Dinge seien, die einen Menschen glücklich machten – Ruhe und Beschäftigung. Doch dann lehnte er Ruhe als etwas Unproduktives ab und zog einen Zustand von Agitation sowie die nervöse Energie der Schlaflosigkeit vor. Wiewohl er früher viele Beschäftigungen gehabt hatte, hatte er jetzt nur noch wenige. Eine war, anderen Männern, die redegewandter waren als er, bei öffentlichen Debatten zuzusehen. Wenigstens einer von ihnen musste dann immer einen Standpunkt einnehmen, mit dem er einverstanden war, da ihn eine Meinungsverschiedenheit mehr aufregte, als er zu ertragen fähig war.

Was das Glück betraf, so war er ganz eindeutig kein glücklicher Mensch. Er war sicherlich nicht mehr so glücklich, wie er es einst gewesen war. Weil er jedoch nicht nur andere, sondern auch sich selbst mit falschen Informationen versorgte, hätte er auf Nachfrage sicherlich erklärt, dass er ein glücklicher Mensch ist.

## Alte weise Männer

In unserer Gesellschaft gelten alte Männer nicht als weise, sondern als sonderbar, exzentrisch, rechthaberisch, schlampig, einfältig, vergesslich, störrisch, schwach, verwirrt, ungeschickt usw. Dieser alte Mann hier vor mir in der Schlange, jener alte Mann dort drüben, der versucht, die Tür zu öffnen – wie lästig! Wir sagen, geht uns aus dem Weg, mit euren langsamen schlurfenden Schritten und eurem Zaudern und eurer Unsicherheit. Könnt ihr es nicht einfach ganz über die Straße schaffen, bevor die Ampel umschaltet? In einer anderen Gesellschaft ist das anders. Er ist ein alter Mann, sagen sie, frag ihn.

## Ungewöhnlicher Wandschmuck

An der Wand des amerikanischen Hauses eines im Ausland lebenden chinesischen Ehepaars hängt ein gerahmter Golfball.
Warum, warum?
Der chinesische Mann arbeitet in einer Versicherung. Er spielt kein Golf.
Frag, frag.
Antwort: Es ist die Frau. Sie ist Golfballdesignerin!
Ah, ah.

## Vorbereitung für den Notfall

Wir füllten die Badewanne mit ein paar Zentimetern kaltem Wasser, für den Fall, dass die Pumpe nicht mehr funktionierte. Wir hatten Angst, mehr Wasser in die Wanne zu füllen, weil wir befürchteten, dass eine der Katzen hineinfallen und ertrinken könnte. Die Katzen sind nicht hineingefallen.
Was ertrunken ist, war eine Zitterspinne.
Niemand hat sie vermisst, glaubten wir. Doch bei Insekten ist das schwer zu sagen.

## Die linke Hand

Die linke Hand rühmt sich, *kultivierter* zu sein als die rechte Hand. Ja, sie ist in der Tat etwas schlanker, die Knöchel sind nicht so knubbelig, und die Haut ist glatter. Aber, sagt die rechte Hand gelassen, denk an all die Arbeit, die ich getan habe, die du nicht getan hast. Nun, sagt die linke, ich war die ganze Zeit an deiner Seite und habe dir geholfen. Aber denk an all die Dinge, die du nicht tun kannst, die ich aber tun kann, sagt die Rechte. Denk an all die Fähigkeiten, die ich entwickelt habe.

Die linke Hand hat nicht so hart gearbeitet wie die rechte. Sie ist normalerweise die Assistentin. Sie stützt und hält die Karotte, während die rechte Hand schneidet. Sie stützt und hält das Notizbuch, während die rechte Hand schreibt. Sie stützt und hält den ganzen Körper in der Hocke, während die rechte Hand den Boden schrubbt oder das Blumenbeet umgräbt. Es stimmt, es gibt einige Dinge, die sie ausgewogen und gemeinsam tun. Zum Beispiel spielen sie zusammen Klavier. Doch auch hier sind sie nicht gleichberechtigt: Die linke Hand ist recht effektiv darin, einen Akkord nochmals und nochmals zu wiederholen, selbst einen gebrochenen Akkord, doch ist sie nicht sehr flink in den Passagen mit den Sechzehntelnoten, nicht annähernd so flink wie die rechte Hand. Die rechte Hand weist darauf hin.

Jetzt ist die linke Hand verletzt. Ihr Ringfinger war schon immer besonders schwach und kann sich nicht gut selbstständig bewegen. Dies war immer schon ein Grund der Frustration für die linke Hand, und sie schämte sich dafür, wie ungeschickt sie spielt. Allerdings ist sich die linke Hand bewusst, dass die Sechzehntel-Noten der rechten Hand nach höchsten Maßstäben gemessen nicht besonders gleichmäßig oder schnell sind.

Die rechte Hand entschuldigt sich. Sie sagt, doch, manchmal fängst du eine Sache auf, die ich fallen gelassen habe. Und du drehst das Wasser ab, wenn ich es aus Versehen angelassen habe.

Vergiss nicht, sagt die linke Hand, die immer noch verletzt ist, dass du vielleicht mit dem Messer geschickter bist als ich, doch neulich hast du mir ein Stück Haut von der Daumenspitze abgeschnitten. Und vergiss nicht, dass du mir einmal so tief in den kleinen Finger geschnitten hast, dass ich für immer ein wenig das Gefühl darin verloren habe. Das ist Jahre her, sagt die rechte Hand. Trotzdem, sagt die linke. Ich bin diejenige, die du verletzt, wenn du nicht aufpasst – ich glaube, dass dich das nicht wirklich kümmert.

Beide Hände tragen Ringe. Die linke Hand ist stolz darauf, dass sie die ganze Zeit einen Ring trägt und dass der Ring aus Gold ist. Doch die rechte Hand ist stolz darauf, dass sie zu besonderen Anlässen einen Ring trägt und dass der Ring in Europa gekauft wurde.

Es gibt Dinge, die sie gemeinsam mit gleichem Geschick erledigen, wie zum Beispiel, sich gegenseitig im Waschbecken zu waschen – obwohl es stimmt, dass die rechte Hand diejenige ist, die nach der Seife greift, während sich die linke Hand zurückzieht, aus dem Weg geht. Und, sagt die rechte Hand, wenn wir spülen, achte ich darauf, dass keine Seife unter deinem Ring zurückbleibt. Stimmt, sagt die linke Hand, aber an den Abenden, wenn du deinen Ring getragen hast, nehme ich ihn beim Waschen ab, spüle ihn, halte ihn, während du ihn abtrocknest, und lege ihn in das Holzkästchen zurück.

Aber, sagt die rechte Hand, ich öffne das Kästchen. Stimmt, sagt die linke Hand. Sie ist es leid, sich zu streiten. Sie sagt zu sich selbst, arbeiten wir nicht zusammen? Lernen wir nicht voneinander? Die rechte Hand könnte weitermachen, sie ist voller Ideen und Energie für mehr Streit, doch die linke Hand schweigt, und damit ist es vorbei. Jedenfalls bis auf Weiteres.

## So spät noch wach

Nach Mitternacht ist es still im Haus.
Ich habe lange gelesen.

Jetzt kommt hier ein winziger Käfer
die Seite meines Buches heruntergekrabbelt.

Oh, schau, ich bin nicht die Einzige im Haus, die noch wach ist!

Aber warum bist *du* so spät noch wach?

## Deine Musikauswahl des Tages

Deine heutige Musikauswahl ist Beethovens bekanntes »Für Elise«,
eine elektronische Version,
schief,
während du am Telefon darauf wartest,
dass die beschäftigte Apothekerin zurück in die Leitung kommt.

## Wenn wir tot und fort sind

Wenn wir tot und fort sind,
mag es tröstlich sein,
das schnelle Klopfen an der Tür zu hören,
wie die Stimme auf der anderen Seite sagt:
»Hóusekéeping!«,
auch wenn wir nicht in der Lage sein werden, die Tür zu öffnen.

# Danksagungen

Mein Dank gilt den Herausgeberinnen und Herausgebern der folgenden Publikationen, in denen diese Geschichten zuerst erschienen sind, manchmal in leicht veränderter Form und/oder mit anderen Titeln:

*American Short Fiction:* »Gespräch auf lauter Party an verschneitem Winternachmittag auf dem Land«; »Gespräch auf lauter Party an verschneitem Winternachmittag auf dem Land (Kurzfassung)«
*Barzakh:* »Nachbarstarren«
*Big Big Wednesday*: »England«, »Dieser unausstehliche Mann«, »Die zwei lauten Frauen«, »Versuchen, mit ihr Kontakt aufzunehmen«
*Black Clock:* »Wenn wir tot und fort sind«
*Bomb:* »Forgetting Caen«
*Bomb Beilage:* »Vater muss mir etwas erzählen«, »Kreppig«
*Conjunctions:* »An einem Winternachmittag«, »Feinde«, »Caruso«, »Eine Frau, die Zeitschriften anbietet«, »Spaß«, »Die Untersuchung«, »In Wahrheit«, »Ihr Egoismus«, »Sich klein fühlen«
*Electric Literature:* »Von der Duldung«
*en bloc:* »Wahre Tatsache«, »Verrat (Müde Version)«, »Vorbereitung für den Notfall«
*Epiphany:* »Brief an den Vater«, »Ehemoment der Verärgerung – Spekulationen«, »Deine Musikauswahl des Tages«, »Hochzeit«
*Faultine:* »Ein Freund borgt sich einen besseren Einkaufswagen«, »Gramsci«, »Helens Vater und seine Zähne«, »Interessantes Privatgemüse«, »Wiederkehrendes Rübenproblem«
*The Financial Times:* »Winterbrief«
*Five Points:* »Brief an den U.S. Postal Service betreffend ein Poster«, »Wie traurig?«
*FourTwoNine:* »Baumeister«
*f(r)iction:* »Im Zug nach Stavanger«
*Gesture:* »Der Nachmittag einer Übersetzerin«, »Unser Netzwerk«, »Was ich verstehe«, »Gespräch vor Abendessen«, »Spätnachmittag«, »Ehemoment der Verärgerung – Gemurmel«, »Ungewöhnlicher Wandschmuck«
*Gigantic:* »Im Zug belauscht: Zwei alte Damen sind sich einig«
*Granta:* »Rechtschreibproblem«

*Guest:* »Weitere Korrekturen«
*Gulf Coast:* »Noch nicht ganz Ring Lardner«, »Der Witz«, »Die andere *sie*«
*The Halloween Review*: »Drei Todesfälle und ein altes Sprichwort«
*The Happy Hypocrite:* »Hier auf dem Land«, »Hässlich?«, »Die Interessen des Alters«
*The Harlequin:* »Eine Erläuterung zur Teppichstory«, »Sonntagabend in den Sommerhäuschen«, »So spät noch wach«
*Harper's:* »Sorry für die Störung« (Auszug)
*Litmus:* »Eine Person fragte mich nach Flechten«
*London Review of Books:* »Liebes Team von Who Gives a Crap«
*McSweeney's Quarterly Concern:* »Angst vor loser Zunge«, »Opportunistisches Samenkorn«, »Zwei Bürgermeister und ein Wort«, »Multiple-Choice-Frage gestellt von Fremden in Broschüre«
*Miracle Monocle:* »Auf ihrem Weg Richtung Süden am Sonntagmorgen (dachten sie)«, »Berühmtheitsgrund #1: Ezra Pound«
*New Flash Fiction Review:* »Gespräch in der Hotellounge«
*The New Statesman:* »Alte Männer im Ort«
*The New Yorker online:* »Früher haben alle geweint«
*The Paris Review:* »Nach der Lektüre von Peter Bichsel«, »Mein Deutsch verbessern«, »Die linke Hand«, »Wutanfälle«, »Was man für seine Rüben bekommen konnte«, »Drei Musketiere«, »Begebenheit im Zug«
*PEN America:* »Die Menschen in meinen Träumen«
*Ploughshares:* »Unglücklicher Weihnachtsbaum«, »Caramel Drizzle«, »Ende von Telefongespräch mit Verizon-Kundencenter«, »Hände am Lenkrad«, »Zweiter Drink«
*Tweed's:* »Pearl and Pearline«
*Tyrant:* »Unser junger Nachbar und sein kleines blaues Auto«, »(Manche) Trinkgewohnheiten des Mannes«, »Angst vor dem Älterwerden«
*Vassar Review:* »Meine Aktentasche«, »Der Sprechkünstler«, »Kriminelle Aktivitäten im historischen Colonial Williamsburg«, »Demokratie in Frankreich, im Jahr 1884«
*Virginia Quarterly Review:* »Aushang für die Gemeinschaft: Beispiel für Redundanz«, »In einem Hotelzimmer in Ithaca«, »Nicht viel zu erzählen«, »Nieser im Zug«
Die folgenden Texte wurden erstmals in der *Plume Poetry*-Anthologie Nr. 3, Nr. 5, Nr. 6 und Nr. 7 veröffentlicht: »Silberreiher im Scheinwerferlicht«, »Schabbatstory #1: Leistungsschutzschalter«, »Schabbatstory #2: Minjan«, »Frau geht zu Rennstrecken-Besitzer«, »Die Geräusche eines Sommernach-

mittags«, »Ein kurzer Nachrichtenbeitrag aus einer längst vergangenen Zeit«.
Die folgenden Texte wurden erstmals in verschiedenen Ausgaben von *Plume Poetry* online veröffentlicht: »Einsam (Dosenschinken)«, »Zwei Betrunkene beim Abendessen«, »Gedicht zur Begrüßung«, »Vater betritt das Wasser«, »Aber schließlich ist dies die notwendige erste Phase seiner Bauarbeiten«, »Älter werden«, »Unerledigte Dinge«, »Berühmtheitsgrund #7: A. J. Ayer«, »Berühmtheitsgrund #8: Auf dem Weg nach Detroit«, »Berühmtheitsgrund #9: In Detroit«.
»Reife Frau gegen Ende einer Diskussion über Regenmäntel beim Mittagessen mit einer anderen reifen Frau« erschien erstmals in der Anthologie *Funny Bone: Flashing for Comic Relief*.
»Neue Dinge in meinem Leben« erschien auch in der belgischen Zeitschrift *Deus Ex Machina*, in einer niederländischen Übersetzung von Willem Groenewegen. »Ei« wurde ebenfalls in niederländischer Übersetzung in *Deus Ex Machina* veröffentlicht. »Eine Ameise« und »Eine Frau, die Zeitschriften anbietet« wurden auch auf Niederländisch in *Liter* veröffentlicht.
»Im Zug nach Stavanger« erschien auch in *Best Small Fictions 2019*.
»Unsere Fremden« erschien in kürzerer Form auch in meiner frühen Sammlung *Story and Other Stories* und in einer anderen Form in schwedischer Übersetzung von Malin Bylund Westfelt als Chapbook in einer Novellensammlung, die von Novellix veröffentlicht wurde. Die Geschichte ist im Laufe der Zeit gewachsen.
Der Schreibstil und die Herangehensweise an das Erzählen in »Begebenheit im Zug« wurden zum Teil von den schnellen, raffinierten und zwanghaft erzählten Geschichten von Stephen Dixon und Ron Carlson inspiriert. Der Stil und die Sensibilität von »Unglücklicher Weihnachtsbaum« profitieren vom Einfluss Russell Edsons, dessen Werke im Laufe der Jahre hervorragende Beispiele für die sehr kurzen und manchmal kühn absurden Geschichten gewesen sind.

## Inhalt

Die Originalausgabe *OUR STRANGERS* erschien bei Bookshop Editions


Umschlag: & Co www.und-co.at
Satz: AD
Druck: Florjančič
ISBN 978-3-99059-165-9

Literaturverlag Droschl Stenggstraße 33 A-8043 Graz
www.droschl.com